这世间的美好，不多也不少

美国生活 二十年小札

[美] 花虎 著

浙江教育出版社·杭州

目录

序言

为你的每一次华丽转身

花虎的第一本散文集终于要出版了，朋友们都由衷地为她高兴。当初我说什么来着，是金子总会发光的！说起来，她写书和我的推波助澜还有关系呢。我也趁机邀一下功吧，尽管我知道在她心里只有老俞（俞敏洪）才是她的伯乐，不过喜爱俞老师胜过我也正常。

我和花虎是北师大教育系的同班同学。由于爱好广泛，偏偏对所学专业兴趣一般，因此大学时她的主课大都应付过关而已，越是选修和旁门左道的东西她学得越欢。我印象最深的是，她是全系唯一一个不上英语课的人。因为她从中学开始外语学的就是俄语，在北师大由全校各系学生组成的俄语班，她也是成绩最好的那一个，在我们考四级、六级时，她却捧着俄语原版小说鏖战正酣。

本科毕业工作一段时间后，我又返回校园读研，却愕然发现她在上新东方的出国英语补习班，这距她从ABC开始学起只有不到两年时间。她之前从没参加过任何英语考试，第一次上的就是托福，成绩出来更是让人惊掉下巴，考分接近600，作文居然得了满分。

然后她又去学GRE，再次考出让人难以置信的成绩，成功申请到本专业美国名校的全额奖学金。加上平时她糊里糊涂的，我们所有认识她的人都觉得她“真乃神人”，太让人难以置信了。我这个一贯的好学生，也感受到了“坏学生”变好的神奇。

但是她又开始变卦了，决定放弃原来的教育专业，选了一个更适合自己的专业，因此进入一所州大的商学院，踏踏实实补足了本科专业课，做足了实习，拿到了西方财会的硕士学位。我难以想象她活蹦乱跳的一个人，会踏踏实实坐下来数豆子，不过她说不管多繁琐复杂的报表放在她面前，她都觉得心特别平静。她挂在嘴边的理想是以后能当个老会计，有时间可以写小说，不得老年痴呆。

花虎性格开朗外向，不拘小节，爱管闲事，有时得罪了人自己还觉察不到。可是凡是跟她打过交道的人，无论三流九教，都能感受到她的古道热肠。她的室友小妹妹学费凑不齐了，她二话不说就把信用卡借给她刷，要知道她自己的学费都是在假期拼命打工赚来的。一个德国小伙子因只需要短租，找不到合适的地方，她就在我们客厅沙发后面放了张床垫，留他住了两个月。餐馆里有个大厨是福建偷渡过来的农民，没有电话，她就让他每星期到我们的公寓跟国内的老婆孩子通电话，等等。

我从北师大教育学专业毕业后，在北大读心理学硕士，再分别于美国密歇根大学和哥伦比亚大学读博士、博士后，听起来就是个老套的一帆风顺的留学故事，但也经历了些令人匪夷所思的事情，比如，我就是那件一度极为轰动的中国首例电子邮件侵权案的当事人。当时，花虎为我的官司取证，更是把她的侠肝义胆发挥到了极致。

20世纪90年代中期，互联网在国内还没有普及，电子邮件更是少数高校和科研单位才享有的奢侈品，而且电子邮箱是大家共用的。硕士毕业那年，我在收到密歇根大学的导师为我提供奖学金的电子邮件后久等不到正式通知，经花虎打听才知道有人冒用我名从共用信箱发出邮件把学校的offer给拒了。后来断定是一位室友所为，于是我愤而把她起诉到民事法庭。

花虎则二话不说在美国这边踏上艰难的取证之路，在繁忙的学业和打工间隙，无数次穿梭在学校的学院办公室、研究生院、留学生办公室，然后是几百公里外的州政府、领事馆，个中艰辛她曾在一篇文章里有详细描述。

花虎早我一年出国，巧合的是我出国那年她也搬到了录取我的密歇根大学所在的城市，于是她就为我承担了所有打前站的工作，找好了公寓，到机场接我，每星期的食品日用品也都是她开着自己的二手车去超市搞定，来美国留过学的人可能更理解这些意味着什么。我感到无比幸运，能在生命中遇到花虎这样的贵人。

别看花虎表面上是个女汉子，但她对小猫小狗等小动物却又爱心爆棚，展现出温柔细腻、热爱生活的一面。紧张的留学打工之余，她不仅养花种草，还养了几条金鱼和一只小猫三虎，实在想象不出她还会耐下心来给小猫洗澡梳毛剪指甲，照顾得无微不至。

三虎离开之后，她又从流浪动物收容所领养了两只猫和一条狗，所以当她后来毅然离开职场，变身全职老妈，全心在家照顾俩娃时，我就不再觉得诧异了。

她记忆力很好，一件小事经她绘声绘色一白话就令人忍俊不禁，说明她拥有超强的语言天赋和文字能力，写作能让她充分展现才华。我数次建议她，之前的日子都为生存奔忙了，现在有条件做自己喜欢的事情了，多写点这边的故事吧。她大笑说“得了吧你，我哪有那两下子”，可是我知道她太有两下子了。

真正让她对写作这件事认真起来的是2010年她回国见过俞敏洪之后，一回来她就迫不及待地跟我煲起电话粥，激动地告诉我说她为了见俞老师，事先给他发了一篇中文邮件，居然被他看出了端倪，也鼓励她搞写作呢。我嘴上装作耿耿于怀的样子说，“唉，谁让咱人微言轻呢，咋说都没用，还是得老俞给你打鸡血”，心中暗喜她终于有了动力，所以还是真心感谢俞老师，不断地在人生的不同阶段给予我们鼓励。

话说N年前花虎在爱猫三虎死去后很是悲痛，最后把她的哀思全都寄托在键盘上了。她一发不可收拾，关于三虎的前生今世一口气写了七八万字。当时她每写一篇都分享给我看，看完两篇，我立马变成“花粉”，急吼吼地催她赶紧写下一篇，真心佩服她就一只小猫也能写出这么长的文字。

在三虎之后，花虎又零零散散地写了一些身边的故事，我鼓动她在北美某知名网站开了个博客。虽然她的作品不多，只是在有兴致的时候写，但一贴出来就会被转发到首页。有时候电话聊起来，问她什么时候能看到她的下一篇作品，她总是感叹俩小娃把她的时间都打零碎了。她写的东西极具个人风格，诙谐幽默、轻松有趣，虽是身边生活小事，被她写出来却充满了让人思考的空间，不跟更多人分享真是可惜了。

这本集子里写的都是发生在花虎身边的琐事，在一定程度上也折射出了花虎的个性和为人。花虎热情随和，有一种让人亲近的魔力，短时间内就能与任何人聊得火热，所以她身边总是有一堆朋友，我的很多朋友都是通过她认识的。正因为这种特质，使她既出人意料又理所当然地在出国十几年后，仍能联系上俞老师并当面向他表达感激之情。相信上过新东方的学子都记得俞老师当年在课上常说的一句话，“在绝望中寻找希望，人生终将辉煌”。

花虎是个做事坚决果敢、风风火火、绝不拖泥带水的人。决定留学看世界后不惧从ABC开始学英语，两年拿下托福、GRE；出国靠自己打工支持学业，拿下商学院硕士学位；毕业后因喜欢繁华都市的生活只身从舒适的小城闯到芝加哥，成为职场丽人……她的爱好之多，兴趣之广，无人可及。

我对花虎的再一次华丽转身很有信心，期待更多的人像我一样喜欢花虎的文字，变成“花粉”！也希望花虎不要辜负我们的期望，赶紧动笔让你的第一部小说尽早问世。

薛燕戈

2017年9月于美国新泽西

自序

“风城”仆仆之我在美国的日子

20世纪80年代的最后一年，我从北师大教育系毕业，分配到了一个不太适合的工作岗位，时刻都能体会到瑰丽的青春哗哗流走的无情。但好处是，置身“北京男—北京女—外地男—外地女”生物链的最底层，我得到了一纸令人趋之若鹜的北京户口。

转年职工春节联欢会上，一位和气的中年男子走过来和我打招呼，叫我小师妹，还敬了我一杯。原来他是我母校50年代的毕业生，名副其实的老校友。更糟的是我有眼不识泰山，不知道他位居单位的第一把交椅，难怪会问我适不适应，工作上有没有问题。

当然不适应，当然有问题，不是谁的错，就是不般配。我很想再学些什么，亲朋中有出过国的，难免不被他们口中的花花世界所打动，加之我是地道的英语盲，目不识A，放眼远眺，最终得出懂点英语没有害处的结论。

在顶头上司面前碰了钉子后，经人暗示，我把脱产报告小心翼翼地提到老校友面前。他毫不犹豫地说年轻人想学就学，别把时间浪费了，好像就差催我快走了。于是我咬牙办了一年停薪留职，此举意味着离经叛道，跟职称和升迁等就恩断义绝了。

我先在惴惴中参加了一个培训班，遇到了人生的第一位英语老师，来自加拿大的义工莱斯利小姐，跟她学了半年的听力和口语。之后我返回原单位上班，自学之余，在中关村一间小破房碰见我真正意义上第二位也是最后一位英语老师俞敏洪。那时他还不是名满天下的留学教父，而是位留着波浪卷发、学长模样的年轻人，我每周两晚长途跋涉风雨无阻去上课。

幸亏事先我不知道他是北大英语系的，否则一定会被吓死，等明白过来发现自己已经被兴趣、激情和梦想吸引住，即使辛苦也欲罢不能了。一起上课的同学都是附近名校的大学生和研究生，基础好水平高，使我产生了癞蛤蟆想吃天鹅肉的想法，同时也迸发出孤注一掷的勇气。

感谢俞老师，经过两个爱恨交加的四季，我先后攻下了托福和GRE，曾经遥不可及的美国近在咫尺了。我面临过两个选择：东部一所名校全额奖学金继续教育专业的学习；中部一所州立大学半费攻读商科。

最终我放下了面子，带着几分轻松几分懵懂，倒向了后者。因为尽管我考试时可以拿到不错的分数，但是并没有做学问的天赋，而对跟现实生活联系广泛的职业更感兴趣。我有位堂姐是会计，刚到五十岁就退休了，除了返聘还兼做半职，自在又悠闲。我非常羡慕，希望将来能像她一样有钱有闲去干喜欢的事。

但是在一个陌生的国度从头开始学一门全新的专业，谈何容易，毫无疑问我为此付出了不少代价，小到被美国大使馆拒签三次，大到为学费奔波，以及源源不断的功课压力，期间的艰难困苦无以言说。可能许多人会觉得我挺折腾，不过如果时光倒流，我依旧会做出同样的选择，所以无怨无悔。

我入读的大学叫东密歇根大学，坐落在离底特律不远的一座小城，只是所普通的公校，尤其在大名鼎鼎的邻居密歇根大学的笼罩下，更少有傲人之处。但当地人仍然非常为之自豪，大家都专注自己的事情，没人比来比去，确是个能让人踏实实干的好地方。

我刚开始对学校条件之优越惊讶万分。记得大雪天隔着落地玻璃窗，对着碧波荡漾有着五十米泳道的室内游泳馆发呆，可惜没工夫去奢侈一把。还有结束漫长的一天后，我精疲力竭地拖着双腿走在空无一人的商学院，脚踏柔软的地毯，耳边是低回曼妙的音乐，眼中柔和的灯光一层一层从天井挥洒而下，把底楼休息区橘红和鹅黄的椅子映得如艺术品一样亮丽而温暖。只是故国、家乡、亲人和朋友全留在了身后，自己的一切都被一架越洋飞机连根拔起，除了珍惜眼前的机会，再无他路可走了。

但我是个心性自由、向往远方、不喜欢被拘束的人，从来都不是那个“别人家的孩子”，除了想步堂姐后尘之外也没有什么理想和规划。好在对读书本身感兴趣，因此面对一块块砖头一样厚重的专业书，能够死啃下来没商量。

其实有书的倒简单，至少还知道在跟谁较劲，更吓人的是很多没有书的，全凭自己去搜集整理和探究。我很没出息地在成本会计的考试上崩溃过，被教税法的教授罚站过，起早贪黑累到吐血方忙完的作业最后没保存过，甚至对活着这事也了无生趣过……当然，三年时间里，我完成了24门功课及在保险和地产公司的全职实习，抽空在餐馆或校园打工，每天与不同的人打交道，比付出更多的是回报。

拿到财会硕士学位后，因为喜欢芝加哥的风景优美、活力四射和就业机会充足，我搬来了这座城市，先后在律所、酒店和科技行业做了多年的内部金融分析员和高级会计师。作为外国人，身份一向是一道难跨又不得不跨的坎，大学和高科技领域容易些，外籍员工多的公司也比较好，我就占了后者的便利，勤恳工作了三年多后获得了绿卡。

这个过程是既自然又必要的，对多元文化的美国社会来说只是又多了一个新移民，对我则意味着有了更多的选择权。我跟老美同事相处得始终不错，即使有发生矛盾的时候，认真敬业，坦诚交流，让人与人之间的关系简单透明，就是解决的法宝。在美国企业文化的熏陶下，以及横跨不同行业的经历，让我褪掉了很多弱点，变得越来越通达。最有意思的一点是我从没感觉到被歧视过，不知是运气太好，还是心理强大，总之谁爱歧视就随他们去吧。

不过艰难困苦孤独挫败也曾是常态。记得有一次我近两个月没说过一句中文，因为身边一个华人都没有，自己每天除了工作就是工作。到大年三十那晚往家打电话，猛然意识到跟母亲讲话的温馨，不禁泪流满面，但还得不让她听出来……

好像有一件事不论在哪都无法避免，与身居在何处没有太大关系——而立之年后，生活的童话开始像泡沫一样一个个迸裂了，玫瑰色慢慢让位于暗灰。这个变化让我在疑心重重中思考生存的终极问题，逐渐拥有了自己的信仰，从此也获得了全新的使命。

新世纪的第一年，我认识了一个学数学和经济的德国人老彼，一连串的巧合，使得南辕北辙的两个人结了缘。随着女儿和儿子的到来，以及陆续领回的猫猫狗狗，我又华丽又褴褛地一转身，练成了武艺高强的主妇。

在这个被称为风城的大都市，从开着一辆丰田独自闯来，到拥有了根植于此的生活，说英语多于中文，吃面包多过饺子，不修边幅，种花养草，看球赛，做义工，选总统，关注中美之间的大事小情，明明白白地，已把他乡当故乡了。

关于美国生活的话题，永恒地见诸于媒体网络，曾经喜好舞文弄墨的我被人问起过，偶尔也闪过自己何不写一写的念头。但完成这本文集实乃出乎我的意料，因为它跟我繁忙的日程完全没有交集，就生生地挤进来，盖因我终有一颗八卦的心吧。对于生命的一段段旅程，一幅幅风景，有的人默默收藏在心底，有的人丝毫也不留意，有的人则喜欢说一说——我属于最后这一类。

具体地讲，我是从2011年初开始着手准备本书的前身——一些中文涂鸦的，主要记录凡人小事的点滴。当时我不会中文打字，因此全部用圆珠笔写在纸上，然后慢慢誊到电脑里。用电脑敲英语我习以为常，但中文极具挑战，没有了一笔一画细细研磨的逸致，思维总被打断，顾得了手顾不了头，脑子清醒了爪子又乱套了，并且一关机一切都烟消云散，感觉很抓狂。

好在陆续练了半年多，终于与时俱进了，遗憾的是那些布满勾勾画画的手稿早化成了纸浆，留下几张作纪念就好了。

我没有预料到这些东西有一天将会被装订成册，与更多的人分享。所以端坐在这间自己鏖战过无数个周末和夜晚的咖啡厅，呼吸着空气中溢满着的新出炉的面包香，既惴惴然又欣欣然，欧耶！

本书首先献给我老妈吧，感谢您耐心地从七十多等到了八十岁；感谢从安娜堡起就永远给我支持的朋友们：老燕、老强、晓卉、老朱、小惠、小冯、小方、小李、小孙、老李、冬冬、小熊……感谢在芝加哥结识的家人和朋友：老明、奥拉、劳里、丹尼尔、比尔、老赵、老柳、小王、教会读书小组的成员……还感谢个别认为我不务正业的人，对于最终捣鼓出一本书来这件事情，我自己也是很意外的。

更感谢俞老师，二十年后我给你发了一封中文邮件求接见，只想面谢当年的辛勤教诲，还有点小私心就是，我再也不怕你考我英语了。没想到你鼓励我搞写作，并耐心读我用闲置二十多年的中文写的八卦。在中国时你教我英语，到美国了你辅导我中文，如此逻辑，吓煞人也。多亏本弟子把“在绝望中寻找希望”牢记在心，不敢怠慢。

最后衷心感谢每一位翻开这本书的读者，祝愿大家对生活永远充满信心，即使在最不可能的日子里。

花虎

2017年9月于美国芝加哥

美丽的克里斯蒂

那年冬末，由于女儿林林的到来，我们依依不舍地告别了热闹的芝加哥市区，从城里的公寓搬到了郊区的房子，加入了乡下人的行列。接下来的春季，降水特别多。没有电闪雷鸣、刀光剑影，是淅淅沥沥、缠缠绵绵的那种，连我这个内心比较不软的北方佬，都有一种愁肠百转的感觉了。

但是寂寞了未几，我开始喜欢那里了。因为不经意间，一片片凋萎的草地变得青翠欲滴，一个个硬朗的树冠也萌出温柔的鹅黄，清新的空气中回荡着大大小小的鸟儿的欢唱，弥散着林林总总的花儿的芬芳。

小镇沿着一条蜿蜒的小河精心而建，是美国著名建筑师、纽约中央公园等众多名胜的设计者弗雷德里克·奥姆斯特德先生早在一百多年前的杰作。它像一座美丽的花园，使人很难不陶醉其中。很快，我认识了几个邻居，以及他们的孩子和猫狗。

一天，我正独自在房前捡拾被风吹下的树枝，瞥见一位陌生的白人女子，袅袅婷婷地越走越近，手里还捧着一个蒙着暖色餐巾的水晶盘。她在我面前停下，笑盈盈地打起招呼，自我介绍叫克里斯蒂，和丈夫大卫及两个女儿住在隔着几栋远的一座英式乡村风格的房子里。她说真诚欢迎我们的到来，顺便带些自制的点心，然后又不好意思地补充，其实是她母亲的手艺。

尽管先前我已经被别人这么招呼过好几回了，但心里还是暖暖的，忙接过托盘向她致谢。她饶有兴趣地跟我进屋看林林，一个劲儿地夸女孩就是好，打扮起来很漂亮。她的两个女儿分别是三岁和五岁，家里小姑娘的东西特别多，还说如果我愿意的话就去挑些回来。我告诉她我可不是个会错过好事的人，到时候可不要后悔。她笑起来说，那大卫会高兴死了，他已快被那些花花绿绿的玩意逼疯了。

她走后，我盯着她的背影出神许久，因为她实在是个明艳端庄、亦今亦古的美人。先说白皙的脸庞上那对绿莹莹的大眼睛，温和地注视着你，如同明媚的阳光。加上光洁的前额、挺拔的鼻梁、剔透的双唇和松软的草莓红金发，搭配得精美绝伦。她说话也特别好听，简洁明快，很有生活版希拉里的风格。致命的还有她无比匀称的身材，走起路来完全不像典型洋妞那般大刀阔斧，而是自然中透着妩媚，随意中露着优雅。美女我见过不少，电影中镁光灯打出来的，大街上化妆品抹出来的，医院里手术刀割出来的，但这位从天而降的邻家主妇，毫无疑问是上帝的精美原创。

生活中常有这种情况，即一旦认识了某人，感觉遇见她的次数就会多起来。与克里斯蒂也不例外。我起床的时间跟她送孩子去幼儿园的时间刚好吻合，因此我几乎每天早晨都能透过二楼的窗户，看到她和女儿从我家门前经过。两个小女孩金发飘飘，永远穿着考究的小裙装，背着可爱的小书包，蹦蹦跳跳地走在前面，妈妈则慢悠悠地跟在后面。开始总是我先发现她们，便居高临下逗逗小姑娘；后来我也常被楼下几声快活的“嗨”声拽到窗前，腾出手向外摆摆。

很快我和克里斯蒂熟了，发现她不但容貌出众，而且思维缜密、心地善良。她原本是一名商业律师，两年前辞职在家带孩子、做义工。她了解很多信息，大事小情都不忘通知我一声，还有求必应，使我对新妈妈的角色和新社区的环境有了很好的过渡。

有段时间我有些迷惑，总感到家里有股他人的气息。原房主我没见过，但知道她在这栋房子里住了50年。克里斯蒂闻听怔了一下，灿烂的眼神飘忽起来，居然接了一句：“那该多好啊！”我更糊涂了，她轻揽一下我的肩膀说：“别担心，那位老太太很善良，绝不会对你有伤害。”当我终于明白她为何口出此言，已是半年之后了。

我们两人都兴趣广泛，很喜欢在一起交流东西文化的异同。有一次我讲起对这两种生活的体验，她竟听得泪光闪闪，说走过世上很多地方，但漏掉了中国，实乃终生遗憾。我忍不住哈哈大笑，说你不用这么多情，而且你们美国人还不用担心会被拒签，想去中国就吱一声，我给你免费当参谋。

可是不久后跟克里斯蒂的几次约会，比如带孩子去公园、出去喝咖啡，都被她闪烁其词、满怀歉意地或临时取消，或无限拖延了。夏天幼儿园放假，早晨也再见不到她送女儿的身影。随着我返回公司，跟克里斯蒂的接触骤停下来。

一晃到了初秋，在邻居克雷尔儿子的生日聚会上，克里斯蒂意外地出现了。我俩有些日子没见，彼此都很开心，忙避开疯跑的孩子，躲到一棵安静的大树下寒暄。但刚聊没几句，头顶就响起一阵惊呼，有个半大孩子爬上去下不来，骑在树丫上吓哭了。克里斯蒂腿长臂长，踮起脚小心地把他接下来，一边抱着一边哄。

克雷尔也闻讯赶来，见此场景朝她大声喊起来：“天哪克里斯蒂，快放下，你叫别人就行了，不要干这个。”同时紧张地把男孩伸手抱了过去。这时刚好克里斯蒂的女儿要骑马，从远处喊妈妈，她有些歉意地向我示意待会儿见，就奔过去了。

我对克雷尔的过激反应有点不解，心想克里斯蒂哪至于这么娇气。噢，是不是怀孕了，她说过想要三个孩子的。克雷尔听了我的问题后大吃一惊："怀孕？谁怀孕？克里斯蒂？你不知道她有癌症吗？晚期肠癌，扩散到多个器官，她已经放弃治疗了。"

"你说什么？"我顿时头昏脑涨，盯着克雷尔仿佛不认识她一样。勉强定下神来，想起克里斯蒂的确提到过身体不适，并未刻意隐瞒。只因我掌握不好跟老美谈这个话题的分寸，也没深究，就说了一堆多喝水多睡觉的废话，哪里料到这么不可救药，难怪我们约了几次都泡汤。

我急迫地搜寻过去，见她正悠闲地在小马和孩子中间溜达着，目光跟着她女儿的身影转，我则跟着她的身影转。细看才发现，她美丽的脸庞变得苍白，优雅的步履显得拖沓。我想象不下去，她如何忍受凶险的肿瘤带来的致命折磨。

再次见到克里斯蒂是几天后，她问我要不要尝尝她家后院结的樱桃西红柿。我说你忘了，初次相识我就坦白过，我不会错过任何占人便宜的机会。她笑了，一偏头示意我快过去。

开始干枯的枝头果实累累，很多已掉在地上，早该收获了。她拿篮子的手在微微颤抖，好看的绿眼睛在频频眨动，整个人有些哆嗦。我急忙把她拦下，她很乖地退到边上，跟我东扯西拉学区、油价等，还不时逗得婴儿车里的林林咯咯直笑。对于我小心翼翼关于她病情的询问，她心照不宣地笑笑，表示她不在乎结果，反正没有区别，只是时好时坏的未知比较烦人。先前没跟我明说是因为她试着像平常一样生活，更不想给我的心境带来负面影响，哪怕一丝一毫。

说话间保姆把她的女儿从外面带回来了。小女孩们礼貌地跟我打完招呼，就怯生生地躲到屋里。克里斯蒂轻叹了一声，说由于她的健康状况，女儿大多只能跟她待在室内。如果她最希望能再多点什么，就是跟孩子在外面疯跑的机会，一起抓兔子、追松鼠、看虫飞、听鸟鸣，或者就用棍子扒土玩……我的心情止不住变糟，但还是装出若无其事的样子夸西红柿好甜。

天开始冷了，但只要是晴朗的时候，克里斯蒂还是会步行送孩子上学。碧蓝的天空下，晚秋的阳光穿过道旁树上已经变得稀疏的枝叶，从她们的背后斜打过来，大小三个美人悠悠然地踢踏着满地的落叶，共同沐浴在金色的晨曦里。我不想惊扰她们在一起的安宁，就躲在窗后默默欣赏这幅动人的图景。

冬天来临了，再看不到母女三人步行的身影，改为克里斯蒂的深蓝面包车接送。她会按下车窗向我挥挥手打个招呼，就转瞬即逝。很快就只剩她同样做律师的丈夫大卫的黑色沃尔沃匆忙地驶进驶出，从不停留。

一场大雪后，克里斯蒂病情加重，邻居们开始自发帮她做饭。我煮过手工水饺，炒过无油蔬菜，后来她只能吃流食，就熬了几种不同的汤，一罐一罐装好，有人负责送去。一天，大卫突然发来一封邮件，说他妻子对轻盈的蛋花感到开心，专门要他谢谢我。

圣诞节到了，到处充满喜气洋洋的气氛，却掩盖不住克里斯蒂家上空的愁云。我们很希望能去探视，但她坚持让大家记得她以前的样子就好，找开心的事情去做，不必为她难过。除了丈夫和父母，连两个女儿都没能够看到她。不久后，大卫发群邮说克里斯蒂开始陷入长时间昏迷，意识清醒时做得最多的就是对他轻轻耳语I Love You（我爱你）。

新年后不久，克里斯蒂病逝了，离她向我走来那天将近一年。消息是克雷尔传达的，她已经泣不成声。我笨拙地搜寻着合适的英语安慰她，心中难以言表的悲伤却已缓缓漫溢，尔后决堤。

第二天是克里斯蒂的追思会。早晨起来望着窗外空荡的小路，想到再也看不到她投过来的柔和目光，又忍不住潸然泪下。我挑出一件从没穿过的黑礼服，对着镜子精心梳妆，克里斯蒂那么完美，我当然要以配得上她的风格为她送行。

追思会是在小城中一座殡仪馆举行的。与外面的肃杀截然相反，大厅里暖暖洋洋，摆满了盛开的鲜花，回响着动听的小提琴曲。芳香扑鼻鲜艳夺目，悠扬高远如泣如诉，若不是身临其境，我都不能想象那座典雅的建筑本是印象中令人生畏的地方。克里斯蒂的枣红色棺木摆放在里面的一个套间，盖子是盖上的，环绕着无数大朵洁白的百合。大卫是个高大英俊的男人，一身挺括的黑色西装，一头整齐的棕色短发，面带微笑守立在旁边，伸出双臂跟来访者握手拥抱，不停地说着谢谢。

大卫身边还有一对风度翩翩的老夫妇，鹤发童颜，不用说就知道是克里斯蒂的父母。两位老人同样不断跟人打着招呼，间或窃窃私语一番，也听得到轻轻的笑声。白发人送黑发人，失去爱女的悲伤令人难以想象，可是看不到他们在人前哭天抢地，只有忙碌着帮助女婿接待客人的从容。

接下来的纪念厅里，出现了更加温馨的一幕：数码相框中持续变幻着克里斯蒂的生活照，电视屏幕上滚动播放着她的录像片。有胖嘟嘟的洋娃娃，有青春飞扬的美少女，有身披洁白婚纱偎在新郎臂弯天使般的新娘，有怀抱初生的婴儿心满意足的母亲；有蓝天碧海间诱人的比基尼倩影，有黑色博士帽下坚韧自信的面容，有家宴上搂着双亲脖子纵情的欢笑，有医院里瞪着满身的管子俏皮的目光……克里斯蒂，这个美丽的女子，以“神赐的生命，在地上终结，在天上继续，我爱你，所有和我分享过珍贵时光的人们”为结束语，给世界留下了她斑斓的色彩。

来客个个满面微笑，泪眼婆娑。克雷尔靠过来，悄悄地示意我往大厅看。是克里斯蒂的两个女儿，穿着一模一样的白色连衣裙，散下瀑布般的披肩金发，正嬉笑着在人群中追逐。她们偶尔窜到爸爸身边兜一圈，仰着头咕囔些什么，然后又飞快地跟着别的孩子跑远了。多么天真的小姑娘，还不明白正在发生的事情意味着什么，人生刚开始就要直面缺憾，永远失去了母亲的爱。

强抑制住的泪滴又向外涌，但冥冥中似乎出现一只温暖的手，轻轻抚弄我的面颊，好像在嗔怪“你这是干什么，非要哭丧个脸吗”。我渐渐感到安宁，意识到不过是跟克里斯蒂暂时道个别而已，和送机送站没什么区别，只是她没有返程票罢了。那又有什么关系呢，我们留下来的完全不需要远行的人回头，因为注定要步其后尘，只是还不知道搭哪一班而已。那么在启程之前，善待这里的每一个人，做好每一件事，享受每一分钟，这就是分内吧。

前来吊唁的人越来越多，人们看起来更像参加一个大聚会，哭笑间谈着克里斯蒂，谈着家长里短，充满了对生命的感恩。遗憾的是由于时间原因，克里斯蒂在教堂举行的葬礼我未能参加。我留下一张支票，算作我们全家的一点心意。

几天后，邮箱里收到一封来自大卫的公文，是发给所有参加追思和葬礼的人员的，感谢大家为他妻子送行，感谢对他的支持，尤其感谢大家的慷慨解囊。捐款者的人名洋洋洒洒列了好几页，总额是一个庞大的数目。大卫说克里斯蒂喜欢孩子，因此他把这笔钱全部捐给了小城一所幼儿园，作为对有残障的儿童的资助。

阴霾的冬日渐渐退去，还是几场哗啦哗啦的小雨打头阵。不知不觉间，薄绢般清纯的迎春花挂上晶莹的水珠，软缎般华贵的玉兰湿淋淋地怒放，春天又悄悄地回来了。在树木繁茂、鸟声婉转的早晨，克里斯蒂的两个小姑娘又恢复了走路上学的习惯。只是跟在她们身后的，变成了姥姥、姥爷或爸爸。两位老人的步伐已不轻盈，男人的背影也格外落寞，孩子小小的身躯更显得孤单。后来，我再也不往窗外看了。

此后每年的春季，小镇的居民都有机会购买一种由志愿者捐赠、为克里斯蒂基金募集更多资金的物品——设计精美的购物袋。那布满鲜花和阳光的手绘图案传达着同样的主题——关爱和成长。我碰到后就一定买几个，有的送给别人，有的留给自己。那些简单的包包袋袋，装着从店里买来的油盐酱醋、瓜果梨桃，却承载着对生命的珍爱和纪念、哺育和希望。

惊心动魄之老彼骑车记

多年前刚与孩儿他爸老彼*相识，就听他说自己最爱的运动是自行车。我撇了撇嘴，心说那算什么运动。我一直无法理解老外们穿成五颜六色，撅着屁股吭哧吭哧有何好玩儿，尤其那车座又细又窄，坐在上面……有些问题是不能问的，出于礼貌我回应说我也挺喜欢。

等我真正见识到他对骑车的狂热时，一切都晚了。家里车库挂满了形形色色的自行车，还不时莫名其妙地多出些车轮、车架、零配件……原来，多年间他陆续买了很多辆，无处放置就花钱寄存，有了房子后便撒欢往回搬，连地下室也塞上两个。如此这般对我唯一的好处是，它解决了我买鞋时他表示异议的问题。

记得第一次和老彼外出骑车，他专门跑到车行帮我挑选头盔手套、护腕护膝、挡风镜自锁鞋，在我的坚决反对下，才没买一套紧绷绷的单

* 作者花虎的爱人是一德裔美国人，名为彼得。这里作者戏称其为“老彼”。

车服。不就骑个车嘛，我没车高时就用我妈的老式永久自行车学掏裆，别说见，听都没听说过这些家什。不过在他热情高涨地对我进行指导之后，我发现他们骑自行车的确花哨些。

老彼心爱的国际大赛，除了世界杯足球，就是环法自行车。前者皆因他们的“国足”太牛，后者才是发自心底的激情。他常常提起自己的青葱岁月，每天骑个上百英里是家常便饭，穿过青山，掠过田野，时而烈日流火，时而暴雨狂风……我可以想象那一定很壮观，同时不忘提醒他湖畔有的是自行车道，可他反应很不积极，认为骑车最过瘾的还要数公路。

当我们搬到近郊后，到市中心有12英里的距离。老彼嗅到了机会，开始骑自行车上下班。初闻此讯我吓了一跳，因为即使开车这段路也不算近。但我的疑虑是多余的，他变得愈发活力十足，天天骑车往返，把那辆早已从车库中被挤兑出来的SUV彻底晾在车道上。但是我俩围绕此事的纷争也多起来。本来他就是个工作狂，加上骑车更早出晚归，我工作之外家务陡增。我更担心的是他的安全，因为芝加哥公路上很少有专用的自行车道，司机也没有与单车共享公路的意识。每看到自行车在汽车间穿梭，我都心惊胆战，毕竟是以血肉之躯对抗钢筋铁骨。

但是老彼对自己的车技非常自信，认为我的担忧没有根据。他还找来一堆数据，证明比起我喜爱的滑雪，骑车更为安全。每天见他装备得如同变形金刚一般跨上坐骑，闪电般消失在小街尽头，我总有种不祥的感觉，只能默祈他平安归来。果然，该发生的还是发生了。

一天晚上，老彼一瘸一拐地挪进家来，扎着两手，举止怪异。原来他从右侧经过一辆等红灯的汽车时，一扇车门突然毫无征兆地打开，一下把他拍翻在地，胳膊腿儿摔得青红一片。我虽然投去一抹揶揄的微笑，端汤送水却并没耽搁。

令我不解的是，他爬起来后居然挥挥手就让肇事者走了。他的解释是那是一车墨西哥人，里面挤满了孩子，闯祸的和开车的都吓得说不出话来，估计连身份都没有，叫警察会给他们惹来麻烦，就算了吧。虽然好人他做了，但一连数日他总声称这疼那疼，什么活都不干。我有些恼火，不过他骑不了车，我倒暂时少担一份惊。

平静了一阵后，老彼好了伤疤忘了疼，开始重操旧业。也许是我唠叨的结果，他加入了个自行车俱乐部，定时与一群志同道合者出行。因为有组织，目标大，貌似很安全。可惜高兴了没多久，又出事了，尽管遭殃的不是他，但完全可以是他，而且后果更加严重。

那是个晴朗的周末，当他们风驰电掣般沿着通往威州的公路北上时，一辆挂着拖车的皮卡与自行车队剐蹭，造成数辆车连环相撞。当时，老彼急刹车飞了出去，落到别人身上没有受伤。而车队里直接被撞的那个人却没那么幸运，他死了。无独有偶，肇事的又是墨西哥司机。

于是老彼消停了不少。蛰伏一冬后，树上刚刚冒出几片嫩芽，他又跃跃欲试，恢复骑车上班。为了不使我反对，他给出了有力的理由：找到新的路线，走罗斯福大街，道宽车少，绝对安全。

风平浪静数日后，波澜再起。那天傍晚他推车进门，神色惶恐，在我的追问下才吞吞吐吐地交代，刚才差点让小流氓给毙了。走罗斯福大街，要经过城乡交界一个特殊的地段。那里破败的房屋、丛生的杂草、冷清的街头，无不显示出典型的黑人区特征。当时他正像往常一样飞奔，突然在一个街角窜出一群黑人小子，不容分说将他拦下。他翻遍全身也没找到现金，令对方非常愤怒，揪住他就往一条巷子里拖，有人还拔出了枪。

老彼承认平生第一次感到绝望。他长得人高马大，尽管骨子里乃一介书生，但貌似威猛，还没人敢欺负他。然而恶虎不敌群狼，拉拉扯扯间，他被推搡着离公路越来越远。万幸的是，身后突然传来尖利的鸣笛声，一位路过的大货司机显然看到了这一幕，不停地狂按喇叭。黑人小子们一愣乱了阵脚，老彼趁机夺路而逃。他说太危险了，但又补充道不是骑车危险，而是人类危险。不论怎样，我想他这次得到教训，下次一定不敢了。果然，他言之凿凿地表态："今后再也不骑……这条线路了。"之后他搜索到几个车友，重新启程。

接下来很长一段时间相安无事，直到秋末某晚我刚把孩子们送到床上，手机响了。一个陌生男人的声音，自称是老彼的车友，说老彼被汽车撞了。我照着洗衣筐踹了一脚，十万火急地赶往医院。急诊室外，那位同样打扮得像变形金刚似的中年男子向我复述了出事的经过：傍晚时分他和老彼结伴回家，穿过橡树园街口时，一辆垂直方向的汽车违章抢道，撞向老彼。随着几声巨响，老彼被抛来抛去，砸碎了挡风玻璃，最后狠狠地摔在水泥便道上，坐骑则完全报废。

我在来医院的路上想象过老彼缠满绷带的可怕模样，但眼前的一幕更加恐怖：他全身多处刮蹭，而且伤口居然全部裸露着，血肉模糊，组织液不断地外渗。医生为确保没有内伤，需要病人保持清醒，所以暂不采取任何止痛措施。

老彼吸着凉气小声地说："对不起，都怪我，你差一点就成百万富翁了。"我知道他的意思。我俩各有百万的人寿保险，假如他今天驾车西去，这笔钱就归我了。我既没责怪他断了我的财路，也没像琼瑶小说女主人公一样扑上去问他好不好，而是正式警告他：这是最后一次，再撞车不要给我打电话！

这时进来一位女护士，要为他清理伤口，我问能否擦得狠一点，让他记住什么叫疼。她哈哈大笑说：“你先生不错了，只玩玩自行车，我家那位玩摩托。每次他呼啸而去，我都害怕这是我最后一次看见他活着。我早跟他讲明，以后如果他病了，我会照顾他一辈子，但如果是骑摩托撞了，就直接去福利院，我可不想跟一个一条胳膊半条腿的人枉度余生。”女护士一边说，一边麻利地忙着。我本来只想泄愤，没料到她更猛。跟她比，我还算贤惠呢。

后来老彼告诉我，当他发现那辆汽车横冲过来时，心中只闪过一个念头：完了！不知过了多久，在天旋地转和满眼金星的剧痛中，他听到警笛大作，脚步嘈杂，摸了一下头盔发现脑袋还在，才知道自己没死。又一次，用老彼的话来说，“骑车不危险，只是人危险”。违章的是一个72岁靠福利生活的黑人老太，无照驾驶没有保险的破车，老彼再次选择放弃追究其任何责任。

伤好后，老彼一改往日不以为然的态度，对自行车明显冷落下来。他口称太忙，实际上是意识到再骑下去，终点将是有人带着他的钱财和儿女去改嫁，这是他不愿看到的。几次被撞，老彼对肇事者都毫无怨言，潇洒得不可理喻。说宽容大度，好像到不了这地步，盖因西方人维持社会和谐的一种惯性吧。

时隔几载，因为他常去纽约办公，在当地依靠地铁或出租出行不便，就让我把一辆久未碰触的赛车寄去。人终究是很难改变的，就像为老彼所漠然的滑雪，却恰恰是我的最爱。在我看来，头顶一碧如洗的晴空，在皑皑白雪覆盖的山峦之间徜徉盘旋，是与天地交融最接近飞翔的一种感觉，即使用女皇的宝座来交换我也不乐意。但这项无以伦比的运动，却被老彼认定危险至极。

后来偶然读到一篇文章，说美国最近的生活趋势是，骑车渐渐成为高中产阶级的时尚，而高尔夫球则开始在劳动人民中间流行。就像《创意阶层的崛起》一书中提过，在美国的江河上，开着汽艇狂奔的往往是蓝领，呼哧呼哧划船的往往是精英。照此说来，老彼好像成了引领潮流之先驱。事实上他的人生宝典从未收纳过“时尚”这个词汇，对他来说，不骑车等同于生命失去了色彩，他只是在简单地过自己的生活而已。

琴瑟和鸣，即使用一生的时间来演练也不见得能完成，只好在吱吱嘎嘎中，尽量不漏掉每一个悦耳的音符。祝老彼在纽约骑车快乐。

美韭加咖啡

五六年前一个初冬的傍晚，一位住在另一座城市的朋友小刘来我家小聚，同行的还有她从北京来探亲的父母。我们以前一起住在芝加哥的林肯公园的时候，跟她父母见过面，所以彼此之间不陌生。

寒暄一阵后，她妈很神秘地掏出一个小塑料袋，边拆边说花虎你猜我给你带什么来了。我伸头一看，是几团干巴巴的枯草根。见我不解的样子，老太太得意地笑了：“韭菜，是韭菜！我专门给你挖的，待会帮你种上，以后保你家韭菜管够。”

韭菜？我礼节性地道了谢，实际上没兴趣。镇上标准的独立房四面见光，除了草坪，根本没有能种东西的地方。加上我跟小刘久未谋面，相谈甚欢，对老人家自然比较怠慢。

可这位阿姨不是普通的老太太，特别执拗，操着一口不知是唐山还是天津话，跟我分析她这韭菜的好处，说如果从种子种起，韭苗太细，前两年都不能吃，只有移栽的才根深苗壮，立竿见影，云云。我被唠叨得心里挺烦的，可毕竟不是我妈也不好发作，便敷衍她放那儿就行，我会找时间处理。小刘也很无奈，一直催她妈“你就坐会儿呗”。

老太太答应是答应了，可不一会儿没影了，我怕遇到传说中的“老老中”，把好好的草坪刨了，补起来比韭菜还要贵，忙跟出门外去查看。果然，在初冬乍冷的寒风中，老太太正东张西望为韭菜选址。她先后相中的几块地盘都被我一一否决了，僵持中她来了一句，“你这么大的院儿咋就容不下我几根韭菜呢”。我瞬间崩溃，意识到对手太强大，终于一拍脑门，被逼出了个主意。

车库后面朝北与邻居花坛接壤处有条二尺来宽的小地块，因为太窄机器上不去，每次工人来剪草都很费事。牺牲这点草起码有两个人会高兴，我忙向老太太一挥手说，阿姨这儿就归您了。

老太太挑剔地向四周环视几圈，抬头看看天色辨辨方向，有些遗憾地摇摇头，说你们美国人没治了，都喜欢草不喜欢菜，这就这吧，总比没有强。然后她觉得外面太冷，把我往屋里轰。本来我就不是来干活的，已暗下来的天实在也不暖和，于是给她拿来铁锹和手套后，自己飞快地跑进去了。

过了半天她终于回来了，两手沾满了泥土，很兴奋的样子，宣布几月份就可以收割了。她还叮嘱我要施点肥浇点水，我满口应承，当然事后早忘了，一件也没干。而且除了出于礼貌我当着她的面去看过两眼——无非是几撮小赖毛——此后忙碌的日子中，我把这件事整个都忘了。

转年春暖花开的一天，女儿跑来，举着一根嫩嫩的小草说："妈妈，我觉得这个可以吃。""吃什么吃，哪儿揪的，赶紧扔了，小心有毒！"我一边忙一边下命令，根本没空理她。但小家伙很固执，坚持说她认为"真的是个菜"，并伸着小手把草凑到我的鼻尖下："你闻一闻嘛。"

一股清新熟悉的韭香顺着柔弱纤细的草叶拂面而来……哦？我这才突然想起冬天前，朋友老妈不由分说埋下的几团枯草根，真活了？女儿把我带到车库后面、她找到"能吃的小草"的地方，果然窜出一簇一簇萌萌的新绿，比起周遭的草坪明显叶宽而形散，不是一样的。说来惭愧，那是我平生第一次看到长在土里的韭菜，既没施肥也没浇水，就能不劳而获，真是"离离原上草"的节奏啊。

这块顶多二尺长二尺宽由几撮枯根起家的韭菜地，从此一发不可收拾，出产的韭菜斩不尽杀不绝，绵绵无绝期。它们越长越密越扩越宽，除了冬天偶尔为之，正如阿姨所言，我再也不需要买韭菜了，多余的还可以送给别人，并可暗暗地鄙视国货店里裹挟着浓郁的烂叶子味的老韭菜了。

韭菜盒子、韭菜鸡蛋、三鲜馄饨……全是我家人的最爱。每当看孩子们吃得欢天喜地，我就会想起朋友小刘固执的母亲。她跟我谈韭菜经时我一点也没听进去，还嫌她磨叽，如今享受这鲜美的收获，心中对她充满了感激。有些事就是这样，开始你看不到它的意义，只有时间才能够让你理解它。可惜阿姨心脏不好，无法再来美国，亲眼看看她种下的韭菜早已郁郁葱葱。

至于她为什么非给我种韭菜不可，是因为她爱屋及乌，觉得出国的孩子都挺可怜的，中国的好东西也享受不着，买把韭菜还得大动干戈地上高速，所以决定出手相助。她全家当年曾被下放内蒙古，生活拮据买不起鲜菜，唯有速生速长的韭菜成了她给孩子们调剂口味的拿手好菜，从此就有了韭菜情结。小刘劝过她不用担心，我们不可怜，享受到的很多东西是你想象不到的。老太太很干脆："想象不到我就不想，能给你们干点就干点。"

去年夏天我和小刘碰巧都回国探亲，便约了在北京碰面，自然也见到了她老妈。阿姨听说我的韭菜长势良好很开心，说这就叫"人过留名，雁过留声"，笑得我们肚子疼，看来她种韭菜的动机并非那么单纯。听说我们要去买油条，她说外面的不好，自己忙乎半宿，第二天当我们在油香飘飘中醒来，餐桌上已摆上了金灿灿的大油条。什么减肥节食那类废话，早被我抛到九霄云外，跟着大的小的们一齐扑上去。老太太抹着汗滴，倚着厨房门微笑着，看差不多了就转身进去接着炸，谁都换不下她。记得当天北京气温38摄氏度，厨房里没有空调。

秋天采摘了最后一盆韭花后，我为小小的菜园铺上一层有机肥土。吃饱穿暖的韭菜以火热的方式回报了我，不过几场春雨，现已窜到了一尺高。两个孩子对中餐很在行，早就嚷着要吃韭菜盒子，昨天终于烙了几大盘，任他们吃了个够。可惜饭前饭后不是这个要游泳，就是那个要演出，我只好胡塞几口，根本没有品出滋味。直到今早他们都上学去了，只有家狗小明偶尔哒哒地各处踱步，才想起该尝尝韭菜盒子这款劳动成果。又煮上一杯咖啡，实在是因为需要头脑清醒，以便梳理忙乱的日程。

不知道在别人的世界里怎样，我反正从来没有安排韭菜和咖啡同台登场过，端上桌子才发现有点茫然，不知是先吃后喝，还是先喝后吃，或者边吃边喝。犹豫间，发现边上的草莓也红灿灿的，陡生出些小感动，反正生活挺不错的，怎么都可以吧——拿出手机，先留下这美好一瞬间再说。

我是微信世界的菜鸟，刚学会扑楼着在朋友圈中晒幸福，决计早餐被我消灭前，先广而告之一番。大家乐了，呼啦呼啦回了一大片，说这款任性加土豪，早就有说法呀，叫“美韭加咖啡”啊……

关于小刘的母亲如何搞到的韭菜根，也颇具戏剧性。紧挨着小刘家后院，住着一户美国白人，不知哪天起总有韭菜从栅栏那边窜过来，守株待兔好事一桩。当然原产地更丰盛，但那家美国人不识货，给当杂草剪了，老太太觉得太可惜，一天瞅机会挥手把那家的男主人招过来，比划着想要他那片草。人家不但答应了还帮她挖出来，事后搞得老太太的女婿，一个同样不谙韭事的异族人士，看见那男的在院里就不敢出去，不好意思了好几天。

一问那家的原房主，原来是位韩国人，应该是始作俑者吧，结果就是，我有了我的美韭加咖啡。

由“男人哪里最性感”引出的

我有几个很要好的女朋友是南美洲的拉丁裔，热情奔放，可以无话不谈。

在一个普通的周末大家又聚在一起，聊完工作聊孩子，聊完美食聊减肥，最后话题转移到那个顶天立地、不可或缺的物种身上——男人。不知是谁先提议，说说男人的哪个部位最性感。需要解释的是，不是说看见男人就盯着这些地方陡生爱意，而是说如果喜欢一个人，最容易被他的哪里所吸引。大家都是有点文化的人，庸俗也要设个底线，所以讨论范围当然要限于内裤之外。

于是有人说眼睛，有人说鼻子，还有下巴、肩膀等。另外，有点肥的肚子，以及有点光的脑壳，竟然也不乏有人青睐。轮到我表态了，非常困难，因为直到那一刻前，这个问题从来没在我的脑子中出现过。为了显得合群些，我倒也给出了答案：从指尖到臂弯那一段。异性一双结实有力的手，延伸到轮廓分明的小臂，的确是我习惯第一眼就瞧过去的。我不知道为什么，猜测可能有两个原因。

我小时候体弱多病，常泡医院，在刺鼻的药味和冰冷的针头间，最大的安慰是枕着父亲的胳膊，由他轻抚我的乱发和小脸。也许从那时起，在我稚嫩的心田里，就埋下了温暖的种子。长大后恋上一位高个子的男同学，柔滑的小手和粗壮的大手第一次碰撞，不啻于宇宙大爆炸。他轻轻地攥着我的手，是人生最幸福的事情；我静静地挽着他的胳膊，是世上最快乐的时光。

当然，后来那位男同学又去攥了别人的手，我也挽了他人的胳膊，但是没有什么能改变我不由自主对手臂的好感。它们代表着力量，能够搬去如山的重荷，更代表着呵护，可以抹去我的泪滴，拥我同看日落日出、月圆月缺。

讲完了，我都快被自己的肉麻羞到桌子底下，拉丁美女们却非常感动，一致认为我的爱法很有品位，不像她们，很快就直奔主题了。在国外住得久了，了解的风俗广了，比如仅看一下南美的狂欢节，就不难想象，东方式云山雾罩的含蓄对拉丁女友来说比高科技还诡异。但不做不等于不欣赏，我被她们一致认为最有诗意。

这场谈话其实发生在几年前，偶尔想起我仍觉得有趣。更有意思的是，就在之后不久，我这种美好的感受却被另一位好友轻轻的一句话重重地搅碎了。

她叫文迪，是一个率性的美国白人，相识十几年来始终单身，我和我们俩共同的华人女友小敏甚至怀疑过她是女同性恋。那天和她一起吃饭，意犹未尽提到我对男人手臂的感觉，想听她有何高见。她停了几秒，认真地问我是否真这么想的，我毫不犹豫地答了是，并稍稍偏离拉丁女郎的本意，给自己拔了拔高：我之所以欣赏男人的手臂，是因为它是一种亲情与爱情的混合物。

听我陈词完毕，慢慢啜着饮料的文迪又问了一句话，让人大跌眼镜：“你没挨过揍吧？”“挨揍？挨谁的揍？”“挨男人的揍。”她吐出吸管，坐直身子，目光淡然。“没有啊。”我心说谁敢动我，反了他了。

“问题就出在这儿，”文迪娓娓道来，“同样一双手臂可以做很多事情，你只看到它的好处，却没看到坏处。我跟你刚好相反，我特别害怕它，在我这里手臂完全是危险的同义词，因为我历经过太多次我爸打我妈。”

她以前提过自己父母离异，借此为我补充了一个完整的故事。原来文迪的父亲是一个私生子，从小就被送人，他养父乖张暴戾，造成其个性也非常扭曲。高中时文迪的父亲看上了自己的同学，即文迪的母亲。她双亲早逝，性情柔弱，很快被文迪父亲牢牢地控制住，开始了十几年的悲惨婚姻。文迪说记不清有多少次，不论有没有缘由，父亲发起脾气就揪着母亲暴揍，拳打脚踢在她家就像空气一样稀松平常。有一次父亲甚至当着文迪的面，把她母亲按进盛满水的浴缸，差点把她呛死。

每次毒打都跟手有关，以至于她一看到父亲抬胳膊，就浑身发抖。当年美国对家庭暴力的惩治尚不健全，加上家丑不可外扬的心理，她母亲为了维护一个表面完整的家，从心存侥幸地期待，到心惊胆战地忍耐，最后沦为不折不扣的受虐狂。直到文迪十二岁那年，有一次父亲出差整整一星期，家中如此安宁，她对母亲说，要是爸爸永远不回来该多好。母亲终于意识到是时候带着女儿逃离那个噩梦般的家了，可她有所不知，那些暴力的场面对女儿的影响也彻底造成了。

因此文迪最怕异性接近她。多年来她谈了不少男朋友，可每当需要承诺时，想象这个男人将会挥起拳头，像父亲对母亲一样毒打她，她就精神崩溃，以结束恋爱恢复单身告终。她的人生目标是：绝不允许世界上任何一个男人碰她一根手指头。人生目标？这也算人生目标？我纵使再伶牙俐齿，也顿时语塞。

在外人眼中，文迪乐观大方，浑身充满艺术细胞，本科学绘画，硕士又进入闻名遐迩的芝加哥艺术学院专攻雕塑。那是个很酷的力气活，凭想象和创造力，每天跟刀斧、泥水、金属与火焰在一起，不知是多少人梦寐以求的。

我和她却是在一门高级统计课上相识的。母亲的一场大病改变了她的职业方向，让她认识到有稳定收入的重要性，被迫离开了“钱”景不明的艺术生涯。十几年过去，她已成为一家公司的财务总监，手下几乎全是男的。因为她经常加班，我提醒她对有家庭的员工要体谅，不然叫你老处女或工作狂，没有比这更糟糕的了。她大笑起来：“有啊，老处女加工作狂！”

2009年夏天我回国去江南旅游，文迪也同行了。她喜欢在街市闲逛，感受浓厚的生活气息。在苏州，她给下属每人买了一条质地精良的领带，到上海，又为每人定制了一枚石料上乘的中文印章。当时，光把那一长串的鬼名字译成中文，就把我累个半死。从中国归来后，某晚她给我打来电话，激动异常地嚷嚷开：“早晨来上班，吓了我一跳，公司的着装规定是休闲装，可今天一个个却西装革履，阴阳怪气地冲我笑。原来系的领带都是我送的，老板节他们合伙算计我。而且交来的文件都不署名，加盖中文印章，我哪看得懂，你说年终奖该不该扣他们几个百分点？”

想象那个场景，我不禁感叹老美的幽默。凭借多年的了解，我毫不奇怪文迪在公司的受欢迎程度。除了工作，她爱好健身、旅游，帮朋友看孩子还倒搭钱，甚至还照顾她潦倒的父亲。她拿手的还包括做红娘，帮朋友成了好几对。就是这样一个人，人生目标居然是不被人打！我作为朋友，消化起来真不容易。

朋友小敏也非常不解，她爸打的是她妈，又没打她，这么多年了，她怎么还认定男的都打人？退一步讲，有人动手再跑也不晚，何必心中一想就逃之夭夭呢？面对我们的疑虑，文迪一次次耐心地解释，她的理想就是不想被男人打。单身不等于寂寞，结婚不等于不孤独，尽管选择的是一种有缺憾的生活，但她能熟练地驾驭它，无悔无怨。

人生有很多真相，也有很多假象，难得糊涂最好，我们也就不再好心地难为她了。但是一件事的发生使我改变了主意。那是2010年暑假，文迪又和我一起去香港。有人向她推荐了一家制衣店，我们慕名而去，衣服果然漂亮，她立刻选中了好几款。半成品出来后，店老板指挥一个瘦小的老师傅帮她试穿，然后精心地比量、画线、别针，围着她忙得团团转。尽管店里空调冷得刺骨，她却大汗淋漓，勉强配合着完成两套，就死活不干了。裁缝和老板面面相觑，规劝无效只好作罢。

从店里出来，我不解地责问她一番，她的回答令我大吃一惊：“我害怕那裁缝。”“怕他什么？”“怕他离我太近到处乱碰。”“喂，那不叫乱碰，那叫有目的地碰。他如果不那样，怎么发现哪里不合适？再说了人家老师傅镇定自若，就当你是根木桩子，你多哪份情？”

文迪白了我一眼，小声道：“那种恐惧难以遏制，我真不是故意的。你大概是对的，我该怎么办呢？”“你就这么办，回去把你的医生、理发师、健身教练，凡是能名正言顺跟你动手动脚的，全部换成男的，看你会不会死。”

小敏闻听也很震惊，经过商量，我俩都希望能为文迪摆脱阴影助其一臂之力，起码不能放弃尝试。小敏开始认真地给她洗脑：“你见过我爸吧？超级帅男是不是？但还不是听老婆的？要问他打不打我妈，我妈不打他就不错了。这世界上不打老婆的，加上被老婆打的，是占绝对压倒性比例的。你还把你爸视为男性的代表，简直是对世界文明的侮辱。”我也添油加醋：“是呀，我从来没见过我爸打我妈、我哥打我嫂子、我弟打我弟妹。至于打我的，还没进化成人类呢！以后真碰着施暴的别忙着跑，先报警把他关起来，等再遇到好的就留下霸占他的窝，有什么难的嘛。”

话虽这么说，我们其实是命好，家暴作为一种由来已久的现象，远比人们想象的严重。但因习俗和制度的原因，在很长时间内，它并不被认为是不可饶恕的恶行。幸运的是，三十多年来，得益于观念的进步和女权主义运动，美国对家暴的立法和执法力度不断加大，使其从家庭事务升格为社会问题，从而受到法律的制约。各地也设立了许多庇护所，来帮助受害者。联合国将每年11月25日定为“国际消除家庭暴力日”，也是希望人们对这个问题给予更多的关注和重视。而文迪的母亲有勇气与女儿开始新的生活，这种影响功不可没。

不过法律并不能解决所有的问题。“一朝被蛇咬，十年怕井绳”，受家庭暴力影响的儿童长大后，不是认为虐待和被虐待理所当然，就是走向另一个极端，文迪显然属于后者。她的高学历、高职位、高工资，某种程度上是为残损的内心化了道浓妆，而真正需要修复的是爱的能力。好在文迪对我和小敏的歪理邪说很感激，直言我们的支持很奇妙，一些心结正在消失。她不屑于美国的心理医生，却相信我们两个“中国大夫”，看来还是远来的和尚会念经。

最后，关于男人的性感，补充一下小敏的观点：在颅腔。因为每月有钱进到她家账号，多靠她先生脑瓜里弯弯曲曲那两半球，故此大脑最迷人。初听此言，我差点笑晕。于我而言，经意不经意间留意到男人，手臂仍是挡不住的首选。当然它们并不都结实有力，还有白皙修长的、圆润肥胖的、瘦骨嶙峋的，以及无缚鸡之力的，尽管被文迪的遭遇打击了，我仍然喜爱它们的好。

我和那几位拉丁女友依旧不定时见见面，如同中国人凑一堆爱连吃带喝，拉美人喜纵情欢歌。每当看她们随着比小溪还欢快、比大海还宽广、比岩浆还炙热的音乐飞扬，身上每块肌肉都会舞动，每条韧带都会摇摆，每根骨头都会跳跃，我总倍感温馨。因为所有人包括我，人生并非全无苦难，而她们的狂欢大概就是最接近把烦恼全抛去见鬼，任灵魂自由肆虐的坦途吧。

全职妈妈的工作

若干年前的某个春日，当我打电话告诉国内的家人我辞职了，终于可以回去多住一段时间，那边既兴奋又震惊的复杂反应，即使隔着半个地球，也准确无误地传进我的耳朵。

相对于老妈的无语、兄弟们的惊讶，一向性情温和的嫂子态度激烈。她认为女人要自立，不能因为有了孩子就放弃事业。她担心我会变成黄脸婆，甚至假如——就是假如——遭到丈夫抛弃，将会变得一无所有。

尽管这类说法我耳熟能详，真的听到了，还是挺难过的。如果搁以前我早跳起来了，但仍坐等她说完，然后表示我理解她的出发点，只是我有更充分的理由。尽管不能被完全说服，他们也只好“但愿如此”了。

我妈是物理老师，教了几十年书，很受人尊敬。记得小时候谁家妈妈没工作，便被称为“家庭妇女”，也就是没文化的代名词。怎么也没想到，我有朝一日竟也沦落到与她们为伍，并且乐此不疲。

美国全职妈妈的普遍与国情有关。首先法律规定儿童不能单独留在家里，因此小学生脖子上挂钥匙的事情就不可能发生了。这里私人保姆价格昂贵，全日制托幼机构不占主流，学校放学时间也早，还有大量需要家长参与的活动，以及众多的节假日和漫长的暑假。如果夫妻双方全职工作，照顾家庭便压力山大。

我就遭遇了这种状况。尽管儿女双全，合成了一个好字，但先生是位工作狂，想啃老也没口福，时常陷入疲于奔命的状态。老二曾因哮喘，一度需要吸入雾化药剂，一天我下班奔回家中，映入眼帘的是保姆正闭目养神，喷药的面罩歪在孩子的耳朵旁，而不是固定在鼻子上。这成为压倒骆驼的最后一根稻草，我想回归家庭了。

因为不论是工作还是家庭，自己都不能全力以赴，每件事都做不到足够好，心中非常不安。多年来又读书又工作，先弄北京户口再换美国绿卡，还制造出两个人，片刻不闲。趁尚无须为火星身份而奋斗，少份工钱还撑得住，一直笃信劳动最光荣的我，脚板抹油开溜了。

待在家里最大的益处是有时间，不必担心老板和限期，能精心照料小的们饮食起居，并任由他们尽情玩乐。可以去公园荡秋千，跟小朋友分享玩具，在图书馆看画报，也可以参加各种文娱活动。芝加哥有顶级的动植物园，水族馆，自然、天文、科技等各类博物馆，以及美术馆、音乐厅、影剧院等，设有适合不同年龄段儿童及童心未泯的童妈的项目，因此我们的足迹遍布这些地方。

或者到山林间去露营。可以是一天，也可以是三五天。徒步完毕，看他俩拖来干枝，点上篝火，小脸抹得黑不溜秋，开心地吃着自己烤的热狗。折腾累了，就在帐外浣熊的打斗声中入睡，间或被远方的狼嚎惊出噩梦，终在虫吟鸟鸣的晨光中醒来。

远的地方我们也去逛。比如在阿拉斯加看三文鱼和雪橇狗，在加勒比海看白沙滩和棕榈树，在黄石公园看会偷东西的乌鸦和狗熊……

我自大学毕业离家至工作出国，一晃二十载，每次都来去匆匆，辞职后再不用理会请假的事情，我天天放假，陪伴母亲，探亲访友，游历祖国的河山，使孩子们对中国建立起感情。有趣的是，由于我无业游民的身份和爱使用信用卡的习惯，亲朋们总怕我不够花，有事没事就给我塞点钱。

车轮旋转和飞机轰鸣之余，大部分还是寻常的日子。很多时候，就任凭孩子们在门前的草地上跑来跑去，我边干活边逗逗路过的狗，跟它们的主人聊聊天。电闪雷鸣时，会躲在屋里安慰瑟瑟发抖的孩子；漫天飞雪时，会带他们冲到外面连滚带爬；满天星光下，会细数哪颗是哪颗，猜夜航的飞机飞向何方。

学习上因为他俩还没有上高中，我不需要操什么心，但学中文和大提琴对他俩是很大的挑战。我跟虎妈不沾边，但坚信语言和音乐是上天的礼物，还是能与电子游戏抗衡的高手，所以即使两个孩子刚开始时有不少挣扎，我也未轻言放弃。当他们可以忘情地看《西游记》，回国能自由地与人交流，在校内外演出并结交很多朋友后，挑战就变成他们自己的兴趣了。

生活中重要的部分还包括体育。游泳和滑雪我都懂点，糊弄小孩足够用，因此孩子们很小就成为水鸭子和雪上飞。对不懂的项目，我兢兢业业当后援，并学着老美家长的样子胡乱表扬，孩子自然就爱上运动。这个过程中，我发现做母亲的凡事都学点，一瓶子不满半瓶子晃荡刚刚好，小的们需要父母做的就是送进门陪一程。

另外我爱读闲书，也喜欢看纪录片，孩子们有样学样，老鼠的儿子会打洞是真的。所以要求他们做什么，自己力争往那边靠，对稚嫩的孩子来说，榜样的作用的确巨大。

嘘寒问暖、鞍前马后是我的长项，但亲子交流和沟通是短腿，教养方式上，也难免遇到东西方习惯的冲突。随着孩子年龄的增长和独立意识的加强，这方面的摩擦也多起来。有时明明恨不得抓过来一顿板子伺候，还得压着怒火做好人状，使我产生挫败感，便格外思念在职场的日子。不过所能做的只有灰头土脸继续前行，并在这个过程中逐渐学会更好地去应对。

主妇要演的另一出重头戏，是总理家政。不论是新房旧屋豪宅陋室，总需要不断维护修理，处理起来耗神又耗力。打理园艺也是个大活计，所谓看花容易种花难。还有迷你菜园要照顾，既博得孩子欢喜，也孝顺了兔子和松鼠。这是与春花夏雨秋叶冬雪为伍的过程，翻土栽秧、施肥浇水、搂落叶、铲积雪，一年四季团团转。

还有个既耗时又头大的活，是对付各种账单、文件。别小瞧这些活计，同样需要知识和经验，包括与客服吵架，如果不甘我为鱼肉，只能苦练这个功夫。

热爱动物是孩子的天性，为此我们养了两只猫、一条狗，其乐融融。我要求孩子们一同分担遛狗、喂食、打扫等任务，使之从小就学着处理兴趣、责任和义务之间的关系。

美国的节日特别多，扳着手指头数不过来，几乎每个月都有一两个。除了母亲节能受宠若惊地做一番主角，其余不但孩子砸在家里，还要忙着照猫画虎张灯结彩，一桩接一桩地周而复始。

做好全职主妇，除了经济条件允许，心理承受能力强，还要看配偶的支持度。有位好友的先生下班就接手孩子，周末还轰她出去找朋友吃饭逛店，公婆也认为她辛苦，常给数目可观的零花钱。另一位朋友因过敏体质导致高危妊娠，冒险生了一儿一女，之后暂时无法上班，便被夫家恶言相向。我没那么好运也没那么倒霉，忙碌之余常与其他全职妈妈去聚会，像聊天组、读书组、义工组等，既增长了见识，又从境遇相似的同伴处找到支持，来调节生活。

美国的主妇们，绝不是游手好闲的阔太，而是有三头六臂的职业高手。她们不依靠老人，凡事亲自搞定，能量之大令人咋舌。但见放学时间一到，一辆辆面包车或SUV载上孩子疾驰而去，玩运动练才艺，连孩子恋爱都提供方便，更不用说带孩子去旅游，参加各种社交活动。

不论公校私校，美国家长的参与度都极高，各种学区选举、慈善捐款义卖、文艺汇演、兴趣小组、运动队、童子军等活动，甚至课程设置、师生关系，都由这批斗志昂扬的母亲出头张罗。我一边跟着学习，一边干点技术含量低的活，像跟班跑腿、摇旗呐喊什么的。

美国《财富》杂志做过一项研究，把全职妈妈所承担的工作按照社会职能划分成保姆、厨师、司机、老师、教练、园丁、维修工、清洁工、CEO、销售、法官、律师、采购、助理等，集主仆于一身，以中等工作量消费水平换算，折换成年薪是12万美元。

亲身体会过才发现，这种说法并不夸张，当全职主妇丝毫不比上班轻松，很多时候甚至更累。因为工作是与成年人打交道，更有逻辑和体系，而家务的特点是繁杂琐碎，无休无止，难于掌控。这对我是个磨炼心智的过程，还要把自己打造成德国人转世，凡事学得统筹计划，不敢马虎。

作为华人第一代移民，我在价值观念、思维方式、行为习惯、社会关系等方面，与本地人有着极大的差别。这些在职场环境中尚不容易被察觉，只有在邻里、学校、教会、政府等社区里才看得明显，才更能构架起新的认知模式，很好地去理解这些不同。

社会上对居家主妇有个流行的负面看法：与社会脱节，我不以为然。因为离开成人的世界，并不等同于隔绝于社会，只是投身另一个社会——未成年人的而已。尽管自己不再做弄潮儿，但为下一代创造了安全的栖息地，同时也能发展个人长处，拥有更广阔的空间。况且当今各种通讯手段很发达，使得站在家门口放眼全世界也稀松平常。而每天上班的人，如果只是按部就班机械简单，不一定不脱节。所以不思进取并不是全职妈妈的标签。

职位、成就、家庭、孩子，这些权重最大的砝码无论怎样调整，终究没有一个统一的公式，很难完美平衡。对我来说，一直工作下去是在重复一项已经擅长的事，但陪孩子成长，开启的是一项全新的事业。喂饱一个简单的生命很容易，滋养一个丰富的灵魂则不同，等于自己又重新再长大一遍，买一送一赚到了。

当然，爱孩子绝不一定要表现在全职守候，我身边有很多职场母亲，比较起来，彼此都有相互敬佩和羡慕的地方。人生注定被设计成有缺陷的样子，对事业成功与家庭美满的定义是多元化的，否则只能收获顾此失彼的落寞。

娘家人对我辞职不放心，与国内对家务劳动的价值认同极低有关，相比之下，老外更火眼金睛，清楚道德和良心的无力，因此干脆用法律手段把保护妇孺的传统固定下来。其实女人可以完胜养家之职，只不过为了更好地抚育下一代，将挣钱的机会让男人独享，是种双赢的分工合作而已。

即便全职护肤美容、打玻尿酸、做整形，也没有一个女人能逃脱黄脸婆的下场，除非英年早逝。因此说到抛弃，只有自己放弃，没人能够抛弃得了我。当主妇让我少了很多美钞，但看到了别样的风景，不敢贪婪，一段时间把一件事做好就够了。幸运的是认识了一些全职母亲，在孩子长大后，重启自己精彩的后半生，使我前路有典范可寻。所谓顺乎本性，就是身在天堂。

希望餐桌上的饭菜，病床前的安慰，风雨中的呵护，旅途上的陪伴，以及相拥共读的快乐，甚至气急败坏的争吵，都会留在孩子的记忆中，塑造他们对待生活的态度。

小女爱财，天经地义

我天生就不怎么喜欢小孩，嫌他们闹，嫌他们烦，即便他们有笑靥如花的时刻，一般也不为所动，因此曾被亲戚用来吓唬孩子：再不听话就叫大虎来看你！非常奏效。

命运却很神奇，在我离家去国数载，韶华挥洒殆尽之际，却连生两娃，女男各一，凑成一个好字。熟悉我的人无不感叹，纷纷表示没想到。姐弟俩的到来让我被彻底改变了。我对小孩从开始喜欢，到慢慢上瘾，直至看见就想凑过去逗一逗，抱一抱。

虽然两个孩子性别年龄有别，但长得却非常相像，都有圆圆的脸蛋，大大的眼睛，走路的姿势也一模一样，就像一个人的男女版。很多照片连他爸老彼都分不清楚，老师初见也惊呼像得荒唐。

尽管外貌神似，但区分姐弟非常容易。两人脾气秉性南辕北辙，小小年纪泾渭分明。相对地我的情感时常向弟弟倾斜，无关重男轻女，皆因他带起来非常省心，而姐姐则极具挑战。比较他们不同中最特别的一点，就是对钱的态度。

就先从姐姐林林谈起。

林林从小就表现出对钱与生俱来、毫无道理的喜爱。她学走路很晚，刚会爬的时候就挪着屁股到处蹭，看见包包就扑上去翻，我虽竭力制止有时仍难免被她得手。但我注意到在五花八门的物品中，纸笔口红她从不乱抹乱画，钥匙手机也很少乱摸乱按，她真正感兴趣的是钱包。她会把钱掏出来翻来覆去地把玩，然后死死攥在手心，想夺回来很难，我担心误吞的情况也从未发生。

她有一只神气的瓷猪储钱罐，我会不定时地投进一些钱，加上她无师自通懂得找钱，那猪增膘很快。不知从哪天起，她开始把肥猪抱上抱下，我担心摔碎，便禁止她随意搬动。我惊讶地发现，她仍偷着将罐子拿下，倒空，一遍遍地数里面的钱，念念有词，活脱脱一个财主婆形象，尽管那时刚三岁多一点。

带她去商店，每次刷卡她都盯着不眨眼，如有找零更惹得她小鸟般欢叫，总央求我送给她。见她对玩具收款机爱不释手，我给她买了一台，不料她没玩几次就塞到床下，理由是假的没意思。

她很少玩娃娃，对毛绒玩具也没兴趣，但如果有摸钱的机会却来者不拒，不论一分还是一元都会收入囊中，有时我甚至用钱贿赂，哄她听话。我们经常外出旅游，她自发地收集各地钱币，即使明知回国后没用仍精心保存，准备下次去再花。钱包也是她的心爱之物，弄了好几个，每个里面都装点钱，闲时就轮番拿出欣赏。

开始我以为小孩都这样，但后来发现并非如此，种种现象使我终于意识到，林林对钱是真爱。

例如她四岁时一天，见我买菜回来，她就要玩卖菜的游戏。她把每种菜都标上价格，拼命吆喝，还提供免费送货。经过讨价还价，她成功把菜全部倾销给我，总交易额约6美元。她要求以真钱结算，我答应了，可搜遍钱包还差她一美元。

当天她就提醒我别忘还钱，次日醒来第一件事就是跑来问我是否有一美元，第三天当被她追债到N遍我实在烦了，打开钱包向她展示，除了几张20元的，再没一分钱。她心有不甘地瞄了几眼，说道："妈妈，我有个办法。你能给我一个20元的吗？然后我欠你19元。"

什么？我大脑停摆好几秒："我就欠你一块钱，你天天盯着要。给你20？你好意思！"我之所以恼火，是觉得本来就是白送她的，差这点都不等，太不够意思了。

她有些尴尬地笑了一下，停顿片刻，并未放弃：“我还有一个办法，妈妈，你能从弟弟的钱罐拿一块钱还我，然后你欠他一块钱吗？”

“你想得倒美，没门儿！”我愤怒了。她悻悻地耸了耸肩，含混地说了句什么，给自己找个台阶下，便若无其事地玩去了。

我很快还了她的一块钱，不是谁的钱都可以欠的。

七岁时她考进游泳队，训练挺努力，只是不停地丢泳镜，最甚时两星期内连丢三副。被问起来她不是满不在乎就是哭天抹泪，一副奈我何的态度。我最后使了狠招，罚她20元钱买新的。她自知理亏没敢争辩，从猪身割肉时双手在颤抖。从此她再也没有丢过泳镜，钱对她果然有神奇的功效。

邻镇一家餐厅去年倒闭了，林林非常震惊，反复追问为什么。开始我并没在意，迫于其锲而不舍地追问我才不得不认真起来，同时惊讶于她的狗拿耗子。该店地处蓝领社区，人均消费有限，而附近富裕村镇的居民一般也不会光顾。我凭借有限的商务经验，向她解释经营餐馆要面临的问题，她眉头紧皱若有所思，一副极其投入的样子，特别可笑。

由于她不间断地刨根问底，惹得弟弟无法插话，最后冲着她大叫：“这关你什么事啊！”

圣诞节朋友A和D夫妇来访，并送给林林一款游戏礼物，她立刻与客人交起手来。很久后A呼地冲过来，兴奋地跟我嚷道：“天啊，你知道你女儿有多爱财吗？”

原来那是个投资房地产的游戏，几番鏖战，林林囊括了高档小区的大部分豪宅，身为理科教授的A仅在一般的地段占了上风，勉强留给IT主管D的，只是几幢不起眼的小房子。

我天生对游戏没兴趣，一听玩牌就发晕，但林林不同，从小跟她爸对阵就咄咄逼人，回国在我同学的麻将桌旁能一趴几小时。对我的“毛病”她遗憾不已，建议我吃药治治，能赢钱又好玩。又大败A姨和D叔，真是个小财迷。

由于林林经常念叨挣钱的话题，一次我顺口说等她12岁就到刘大大家餐馆打工。不久我带她去买衣服，因为她个子高，9岁要穿12岁孩子的衣服。她立马抓住了机会：“我像12岁的了，能去打工了吗？”

我其实并不知道合法工作年龄是多少，便一边保证去确认，一边强调像不等于是。她很不服气：“我们不说，谁会知道啊？”我告诉她不做不是怕被发现，而是在遵守法律。鉴于她对挣钱的渴望，我鼓励她好好游泳，将来可以去教小孩，有时也开出每小时3美元的工资，雇她督查弟弟学中文、拉大提琴等。

最震撼的一件事发生在今年春末。我跟女友小张出去吃饭，刚坐下电话就响了，老彼在那边劈头问道:“你听没听说过林林收小虎10块钱的事？”“什么10块钱？”“刚才小虎跟我要10块钱，说需要付给林林来玩她的跳跳球。”

我简直要晕过去。那个球是我锻炼用的，本来就不是她的，况且她早玩腻了，居然敢收10块钱？这笔钱是春假时我分别给他俩的，爱财到了敲诈弟弟的地步，实在荒唐。老彼命她立即把钱归还弟弟，她照办了但认为对她不公平：“我可以把钱还给他，但他玩过的跳跳球却不能还我了！”

女友小张也大吃一惊，警告我以后要看好自己的钱，否则等老糊涂时能被这丫头全转走。刚好小张是搞经济诉讼的，专门跟林林谈了一次话，告诉她交易的公平原则不是她所理解的样子。如果有人诱骗能力不对等的一方签订不平等合约，不但合同无效，而且还要赔偿对方损失，交付罚款，甚至被关进监狱。我讲不出大道理，但在旁边添油加醋，灌输些童叟无欺、君子爱财取之有道的古训。

弟弟却一点也拎不清，还仗义地为姐姐作证，说他愿意把钱给她，反正放在兜里也没用，交出去后，林林还让他玩了三下蹦蹦球呢。我们更崩溃了，闹了半天还不是随便玩，只可玩三下。这个傻小子，常言道，不怕贼偷就怕贼惦记，他自己不争气，别人也没办法。

弟弟小虎的个性与林林非常不同。他感情丰富细腻，绘画音乐都好，也舞枪弄棒，有豪爽的一面。但对于钱，他没有任何概念，蹦蹦球的例子就是最好的佐证。

去年我看了电影《悲惨世界》，又上网找到舞台版做比较。小虎闻声凑上来，我因故离开后他还在专注地看。演到学生在街头与政府军激战，他评判说这个皇帝太傻，要对别人好点就不会被打下去，谁都不死那多好。

说实话这种剧对小孩来说很枯燥，他不但看得下去还津津乐道。林林瞄了几眼后，就模仿着唱腔走开了。一个对倒闭餐馆感兴趣，一个对法国革命感兴趣，喜好不是一般的不一样。

今年春天姥姥来美探亲，某晚带林林出门散步，回来后直呼了不得了。原来林林在路上捡到一块小彩石，把玩了一会便开始哼唧。姥姥忙问怎么了，她闷闷不乐地答，可惜是块石头，要是金子就好了。姥姥自愧活了七八十年，没见过这么无由爱财的小孩。

林林还有厉害的一招是捡钱。除了在梦中，我从来没捡过钱，她却能经常发现几分几毛的，最多一次二十美刀。我问她为什么总盯着地面看，她一脸无辜地回答我习惯了呀。可惜晚生了一百年，否则我一定送她去阿拉斯加淘金去。

今年暑假，鉴于她屡次提出卖柠檬水的请求，我应允了。不过我很快发现了问题：她只给顾客倒大半杯，而不是一满杯；碰到额外给钱的就笑逐颜开，油水不大的便牢骚满腹；货存不足不是去调制新的，而是加冰掺水，小奸商的品质一览无遗。

我在附近照应本来是怕她新手吃亏，没想到坑人的是她。于是我紧急叫停，整改一番才准许她重新开张。之后她倒也守起规矩，收获颇丰，数钱时，水汪汪的大眼睛更加波光粼粼。

她对买卖的喜好远超我的想象。比如我家史上第一次庭院销售，就是由她倡导和操办的。春天多余的菜秧被我扔掉，她捡回来栽上说可以卖。她还搜集那种只有老太太才爱用的优惠券，我阻挠也不是鼓励也不是。彩票她也总要试，并自说自话地制定中奖后的花钱计划。各种广告也让她兴趣盎然，推荐这个那个，搞得我头大如牛。

碰到学校里形形色色的筹款义卖，更令人紧张，因为她总歪着小脑袋不停算计，作业都不按时完成。多次劝解无效后，我向她摊牌：如果不想自己被卖，就要先学本事，附近的大学像西北大学的市场营销、芝加哥大学的经济金融、香槟分校的会计，还有各类商科，都是讲生意经的，将来你都可以去上，爱卖啥卖啥，只是不是此时此地。

后来在老师的协助下，她熊熊的销售之火才得到抑制，但仍赢得Box Tops*比赛冠军，让我吃惊不小。原来她发现一家邻居人多势众，便求他们帮忙积攒。捧着赢来的现金卡她兴奋极了，眼神中满是得意。

我不得不认输，向老彼感叹女儿跟钱这么亲，以后肯定会发财。他不以为然，说也可能就是个收银的，天天摸钱，跟发财无关。我不理他，继续幻想，那就让她挣钱吧，将来供弟弟搞艺术。老彼更干脆，说你怎么知道她不会给他放高利贷，还是让弟弟先自保吧。

我以前一直认为，人对钱财的认知是后天习得的，历史书上不是都

---

* Box Tops，美国一项为学校募款的计划。

写着嘛，人类使用货币起源于物物交换的需要。可林林什么都不缺，别说受过，听都没听过没钱的苦，却为何对钱如此着迷，实在让人费解。

至于是否源自遗传，答案也是否定的。首先我是需要时才会想钱的人，根本没有发财的基因。其次也并非她爸真传，因为被我问及老彼尚为小彼时是否财迷，奶奶的头摇得像拨浪鼓，一边摇一边说：你的孩子是这样，我的孩子不这样。

由此可以得出结论：与那些父母毫无艺术细胞但孩子却能歌善舞的一样，林林爱财的特性是源于上天，属于她自己的特质，不论我喜好与否，除了接受别无他法。

曾有一位做医生的女友，朋友里数她挣的最多花的最少，还总担心积蓄不够，未雨绸缪，钱让她欢喜让她忧。我当面背后都叫她财迷，还伺机让她出血。说我完全不羡慕她的钱是假的，但我不希望林林变成她那样，因为多金并未让她更有安全感。

以我这种心态，招架一个与自己天性迥异的孩子，难免矛盾重重。有的小孩调皮捣蛋让大人抓狂，岂不知钻到钱眼儿里的孩子也好不到哪儿去。

林林对与我在钱上缺少默契也很迷惑，只是还不会表达。后来我察觉到了，就和她解释，这世上有几种叫作户口、托福、签证和绿卡的东西，都不好玩，可我却不得不玩个遍，哪顾得上去发财。也正因为我玩过了她就不用了，才可以去做别的，包括追求金钱。不过如果物欲过重，会失去很多快乐，因此我们要注意。

道理虽懂了，但林林仍很担心，等她长大后，钱是否都被别人挣光了。我向她保证，世上有很多像妈妈这样的傻瓜，赚钱不在行但花钱还是懂的，不必多虑。

不知是否是受到耳濡目染的缘故，有一天小虎也开窍了，拿一幅画向我推销。我希望便宜点，他怎么都不通融，说声我不爱你了扬长而去。如此反复几次，他最终折返回来说这画送你了，唯一一次赚钱的尝试戛然而止。

林林见状直跺脚，嚷着少点也比没有强，慢慢攒啊。其时她已有了银行账号，经常盯着渐长的数目笑靥如花。

中文学校期中考试，老师留了复习题，有个用“存”字组词，目的是掌握“存在”的概念。但林林偏要写“存钱”，尽管不错，但教学重点是exist，不是deposit或save。劝了半天，她仍认为存钱更好：“钱存起来，钱就存在了。”我急了：“钱不存起来，钱撒大街上，钱扔厕所里，也是存在的！”她仍不为所动：“如果被风吹走了，或是被水冲掉了，钱就不存在了。抱歉了妈妈，我能用‘存钱’吗？”

得得得，存钱，存钱，你存钱吧！我直掐自己大腿，跟财迷抬钱杠，想什么呢。

文学大师纪伯伦写过一首诗，大意说孩子是生命因对自身的渴望而诞生的，借你但并非因你而来，在你身边但不属于你，你能给予的是爱却不是思想……诗人膝下无子，我闪转腾挪半天，只验证了百年前他的伟大，不禁失笑。

想通孩子不是父母生命的简单延续，而是听从自己灵魂召唤的、全新的个体，我的担忧终觅得一块栖身之地。因此不论她成为一个收银员，还是一个大富姐，我都将努力支持她。

老外奶奶

某个初秋的时候，远在欧洲的孩子奶奶，也就是我的婆婆突发善心，提出要来美国看孙子孙女。这种太阳从西边出来的事不是没发生过，只是不多，我大喜过望。可惜高兴得早了点，一问，老太太居然只计划待一星期。飞越大西洋可谓远道而来，时差还没倒完就得走，老太太怎么想的呢！

我怂恿她儿子跟她去谈判。上次老太太跟儿子抱怨听不懂孙子孙女的话，尽管她会一些英文，毕竟做到无障碍交流还有困难。她儿子居然掉头怪我，说他妈很不满，为什么孩子会说中文却不会他们国家的语言。既然当爹的自己嫌烦不教孩子，正好让奶奶来亲自掌勺啊，以后不就听懂了？

也不知是不是这个筹码起了作用，最后奶奶答应住的时间从我开价的一个月，改成二十天。我不是没有私心，照顾俩活宝真的是太累，家里多个大人我可以自在一些。另外走亲戚，走亲戚，不走动怎么保持亲近呢？

奶奶来了，衣着大气端庄、搭配得体，浅褐的波浪短发，多色休闲皮鞋，新款眼镜，时髦耳环，哪有半丝农村退休老太的痕迹，整个就像一位大学教授。

我问她为什么不准备多待些时日，她认真地想了想，语气凝重地说："我太忙了啊，家里的事非常多。我要修理花园的植物，你知道，玫瑰花，如果不剪枝会长得很乱，就不好看了。还和邻居约好了下个月去意大利旅游。跟我配对的牌友也很不方便，因为他得找人临时代替，新人打起来不顺手。狗，它老了，时间长看不见我要抑郁……"

她一如既往的非常安静，除非被问些问题，微笑着很少言语。饭菜端上来，不论怎么劝，我不坐下她绝不动刀叉。只要给她煮好咖啡，备上一条黑面包，她就不再提任何要求。

她每天早晨起来最大的事情是就弄头发。以前因为接口电压不一致，她带来的家什不好用。这次我提前给她备齐了全套用具，她开心极了，洗啊吹啊，像赶着约会的小姑娘一样，还会因为几根在我看来根本就是莫须有的乱发而沮丧。直到我不停地说这么好那么好，甚至需要动员孩子告诉她没事，她才将信将疑又满心欢喜地罢休。

上学放学的时候，她去接送孙子孙女，替他们背着书包。其实只有步行三分钟的路程，但小孩很高兴，自豪地告诉小朋友们我奶奶来了。

她最喜欢看他们游泳。她年轻时也游，但从她的描述，我觉得应该就是狗刨，当然远不及有游泳队童子功的小家伙们的水平。对她来说，孙子孙女简直就是小鸭子小泥鳅，不可思议，当他们故意从高处栽进水里，她还会笑出声来。之后每当孩子们去看她，不论什么天气，她一定吩咐儿子带他们去玩水，她就坐在旁边微笑着。

白天的时间，奶奶就安安静静地读她的书。有时在沙发上，有时在后院的凉椅上，有时背着小包，走上十或二十分钟，去镇上的咖啡馆或街心公园读。老太太个子高，尽管步履不再像年轻时那样轻快，但大长腿摆在那儿，仍有袅袅婷婷的遗风。想想自己老了以后的样子，我难免有些失落。

她看的书有散文，有小说，有杂志，还努力补习英语。奶奶一辈子帮爷爷经营农场，按西方人的称谓是地道的农妇，或者按中国人的说法是地主婆，但是嗜书的特性使得她的世界绝不止于脚下的土地。

老太太是个好客人，你可以尽情地安排她帮忙，但喧宾夺主的事她从来不做。她曾和我妈重叠来过，俩老太太尽管语言不通，但比比划划也能会心一笑。我妈感慨万千，说你看人家，轻松自在还落个好人缘，哪像我扔下耙子就拎起扫帚，干错了还惹小姐不高兴，挨累不讨好！回中国后她经常现身说法，规劝被孙辈缠得焦头烂额的老友们，对自己好点，学会放手。

奶奶的烹调技术却实在让人不敢恭维，无非就是面包、鸡蛋、黄油、奶酪、沙拉、火腿老几样，但她花更多的精力和时间，把桌子布置得比饭菜好看。那么难吃的东西，被明晃晃的餐具和白光光的餐巾照耀着，也显得高大上了不少，咽到肚里的滋味也就不重要了。

好钢用在刀刃上，奶奶在的时间里，我会趁机出门，去做平时没机会做的事情。但不论多晚回来，都会看到孩子们东倒西歪，就是不在他们该躺着的地方。奶奶很严肃地向我汇报，说自己都耐心地说过两三遍了，他们也不听。我暗暗想，平日里我大吼十遍他们都不见得听，更别提你柔情蜜意的那几下了。当然我要求本来就不高，她在那儿就好。

只有一次，老太太跟我小顶了一下。儿子小虎长得是负负得正的经典，当时正和爸爸并肩而坐，对比明显，我忍不住得意地说还是我儿子更漂亮。奶奶不乐意了，一字一顿地说，在我看来我的儿子最漂亮。她儿子用家乡话跟她咕噜了句什么，她的脸立刻拉了下来。我悄悄地问孩子爸，怎么惹着老太太了。他说他告诉她，在这件事上她是不理性的。我赶紧走开，再也不敢乱说了。

她给孩子带礼物，价钱不高，但都很有地方特色，比如印有图案的T恤衫和夹克等。有时我会帮她给孩子们买东西，她还钱时要精确到小数点后两位，后来嫌麻烦零头我都给抹了，她跟收据一对发现差错，会再补几个毛票铜板。我曾经认为他们太死板，习惯后觉得也不坏，反而慢慢对华人的无比灵活持怀疑态度了。

树上的叶子开始变黄变红，孩子们刚跟奶奶热乎起来，她却要走了。最后的晚餐她请客，正经八百地发表讲话，感谢我让她住在家里，有机会还来云云。多有意思啊，不让你住家里你住哪儿，再说你不在我怎么出去呢。

可惜奶奶再也不能来了。她数年前治愈的癌症复发并转移，造成行动不便，需要护工照顾，甚至一度病危。过节了，孩子们通过视频给奶奶拉大提琴合奏，说实在的我没研究过那首曲子，不知道它源自何处，可万里之外的老太太却感动得热泪盈眶——那居然是她小时候唱过的圣诞歌曲。她的头发依旧梳理得干干净净，即使简单了，也依稀能看到原来的式样。我想，是不是爷爷活着的时候喜欢呢？

最近，女儿拿着梳子，在镜子面前的时间越来越长，我左看右看也没发现有什么问题。她浓密暗卷的长发，被泳池漂、阳光晒，棕栗的底色上一绺一绺的浅金挑染得多好啊。解释不通，我突然意识到莫非这习惯也是隔代遗传？我学乖了，像当初夸赞老太太一样不停地夸女儿好看，半辈子掌握不好的阿谀奉承术跃上了新台阶。

给我妈打电话时，她正对她孙子也就是我侄子心怀不满，曰黄鹤一去不复返，白把他带大了。我劝她，老的养育小的是先天本能的，小的孝顺老的是后天习得的，因此后者并非故意，你不说人家小时候，你还白好玩了呢。我妈笑了，说你总有理。

距离遥远，道路不同，祖孙间大概就这样了吧。老外跟孩子像朋友一样，既亲近又独立，不让亲情浓成了彼此的负担，这样挺好。

美国的祖父母一般也不看孙辈，但会提供帮助，尤其在特殊情况下，比如搬家、患病、放假等。曾有个待产的朋友兴奋地跟我说：我父母要来了，待十天呢，帮多大的忙啊，天哪我太感谢了！同样，子女也并非不照顾年迈父母，只是途径更多而已。最近邻家老太帕金森症加重，一溜儿停在门口的车，哪辆是哪个女儿的，我都认识了。

关于奶奶，本来已经做了最坏的打算，但是她却奇迹般地稳定下来，并有所好转。孩子们暑假去探望她，吃到奶奶拄着拐杖烤的新面包。在小镇出行，火车上，轮渡上，一路仍会看到很多快乐的白发族，只是无法再有奶奶的身影了，好在她还有她的书、她的狗和她的小花园。

我在小镇当“汉奸”

汉奸是一个贬义词，泛指背叛中华民族、充当侵略者走狗的汉人。写下这个标题我既不为哗众取宠，也没想自取其辱，实为事出有因，即我干了点帮着美国人，把中国人的事搅黄了的活儿，感情上略微有些小纠结。

一切都始于几年前接到的一个电话，一位国内的老同学求我帮他朋友的儿子小冬联系私立高中。男孩作为交换生来到美国，在公校一年期满后想继续就读，唯一的途径就是转至私校。

于是我把方圆几十英里的私立高中搜索了一遍，有颁发I-20资质的没几个，幸运的是本镇一所天主教高中便名列其中，名气大、环境好、学费还便宜。但因从没来过外籍学生，负责招生的玛丽修女不知如何办理申请手续。这对我这种一路摸爬滚打、死皮赖脸硬赖在美国不走的人来说，实为小菜一碟，几通芝加哥大主教教区相关部门的电话一打，一切都搞清楚了。由于有我做保证，玛丽修女免去面试，破例录取了小冬。

所谓的保证是因为小冬来自国内一所省重点高中，成绩应该比较靠谱。让我心里打鼓的是该校98%以上师生是白人，95%是天主教徒，作为唯一的中国男生，迎接小冬的将是什么，对此我毫无概念。事实很快证明，我的担心是多余的。学校给了他诸多优待，比如考试多给一点时间，免去外语课，老师单独辅导等，同学也对他表现出极大的宽容。

经玛丽修女指点，我在一间天主教堂贴了张广告，为他寻找接待家庭。第二天我的手机差点被打爆，难以取舍之下，我最终选择了H家。H夫妇住在一栋19世纪建造的大房子里，三个孩子也在小冬的学校读书。全家个个人高马大，热情洋溢，连养的两条金毛犬也是同一种风格的。

现如今很多“小留”都心高气傲，言必称美国大学排名，非前十前二十免谈，好像美国就差他们来征服似的。小冬也不例外，因此我跟他发生了矛盾。H太太比我有耐心，说要允许这个年龄的少年犯错。好在小冬很努力，经过一段磨合，学习和生活都渐入正轨。

麻烦开始于学年年末。H太太兴奋地通知我，学校又招了一名中国男生，她要接待，跟小冬也能互相做伴。我提醒她最好先接触一下，但见她决心已定，也不好再说什么了。新生小威也转自一所美国公校，但自从到来就每天躲在房间，极少与人交流，也不参加任何活动，吃饭更是挑肥拣瘦，后来竟发展到只以昂贵的营养饮料为食。H太太接待“小留”坚持分文不取，仅这一项就搭进去很多钱。

生活上任性也就罢了，小威学习也很差，第一阶段考六门课得了一个B，两个C，三个D。学校专门开会，六位老师、辅导员、玛丽修女和H夫妇全部出席，讨论如何帮助他。可惜学校安排的免费辅导他经常缺席，H太太请来的私人教师对他也无计可施。很快，他早晨干脆连床都不起，分摊的家务更指望不上。最要命的是他整宿地打游戏，已经完全失控。毫无悬念地，第二阶段的测试连B都没有了。

H太太痛苦地意识到，小威不该在她家浪费时间，可每次提起都被他搪塞回去，无奈之下她请我帮忙跟小威的家长交流一下。电话那端，威妈表示小威一贯被老师夸为“免检产品”，不知道为什么会这样，希望我们严加管教。尽管很不习惯，H太太仍按照威妈的意思，让小威在餐厅学习，以便监督，可依旧无法阻挡他痴迷游戏。

于是，H太太只好没收了小威的电脑和手机，但他强行借用小冬的，甚至到了骚扰的地步。结果自然是期末成绩的全军覆没。而威妈那边，明知孩子在荒废学业，但以回去没有学籍为由，坚持让他留在美国。

我跟小威谈了谈，发现这个16岁的男孩有着与其年龄极不相称的狡黠，不论我说什么他都不置可否。H太太也忧心忡忡地告诉我由于管得紧，惹得他很恼怒，眼神中充满乖戾，她都不敢单独跟他待在家中。最让她不解的是，如此不成熟的孩子，为什么父母会送他到陌生的国度来，明知情况不妙还听之任之，如果这不算遗弃那什么才算？

可惜这不是一两句话能说得清楚的。家长也许不切实际地高估了孩子的能力，也许出于攀比心理人云亦云，也许死马当活马医，谁知道呢。H太太在意的是结果，可有人要的是感觉，毕竟面对现实太难，而否认和忽视则容易得多。所以即使问题重重，小威也拒绝离开，坚称非芝加哥大学不上，却仍以打游戏为业。学校希望他主动退学，威妈一味为儿子开脱，更奇怪的是，H太太盛情邀请她来陪读，她却婉拒了。

又经过多次沟通，我们向威妈陈述后果，即如果拖到学年末，不良成绩将会永远记录在案，威妈才终于答应接小威回去。最狗血的是，面对H太太好心的询问，究竟是什么使他从优等生落得如此，小威坦白自己学习从来没有好过，成绩全部是假的。小威走后，H太太心一软，又收留了一个与原接待家庭闹翻的女生海蓝。她学习还行，但公主派头十足，毕业离开后H全家长吁了几口气，因为她差点也没坚持下来。

当然合格的学生还是占多数的，该校近来以每年招收七八名小留。因为学校背后有庞大的私人基金支撑，学费始终是白菜价。加上接待家庭条件优越，都可以使“小留”受益终身。令人惋惜的是，一个无良的华人中介却把后面这条路堵死了。

玛丽修女由于善心有余经验不足轻信了中介，以致去年出现很多问题。H家是学校的捐款大户，也是家长积极分子，作为镇上不多的华人之一，应他们所邀，我接二连三地当起义务灭火小队长。

比如一位邻居看到中介的广告，想帮忙就回应了，可广告里很多都是不实之词，以至于后来女主人被迫请假照顾自己接待的小留。还有一对夫妻，接待的女生一言不发，经我询问，女孩承认自己英语极烂，是中介跟她爸保证到了美国会变好，可她来了之后才发现事情远非如此。另一个男生刚来就吵着要转学，理由是发现该校以往进常春藤的不多，把接待家庭的女主人折腾得犯了偏头疼。此外，还有小留由于语言障碍太大，影响了正常授课秩序，使得其他师生非常不满。

总之，我徘徊在学校、“小留”和接待家庭之间，为理顺不快颇费了一番周折。事后我问玛丽修女缘何与该中介合作，一贯慈祥的老太太怒了，蓝眼睛中闪过几丝凶光，发誓绝不会再上第二次当。其实中介的说辞漏洞百出，可惜她见识少、心地善，导致接待家庭和老师们反映到董事会，郁闷极了。

H太太协助玛丽修女完善中国学生招收办法，还专门征求我的意见。我浏览了以往小留学生们的资料，发现其中优秀的绝大部分来自省市重点中学或同等级私校，可见学校还是应该对申请者有英语水平和学习成绩的硬性要求，否则高额的中介利润，总会使有的人不择手段。

2014年夏，我帮另一位朋友的孩子小航进入该校。当我如法炮制给他找接待家庭时，却意外地大败而归，因为大家都听闻了中介事件。所幸小航很努力，在学校极受欢迎，发誓不再接待留学生的H太太又食言把他接过去了。

H家之所以决心脱身，是因为在海蓝之后，另一个女孩凯瑟琳扮演了最后一根稻草的角色。凯瑟琳热衷化妆、网购、看韩剧、打游戏，成绩拿到C就直呼万岁，后来滑至五门F，索性在课堂上读小说、发短信。H夫妇和学校穷尽所有办法，最后只能劝退她。

凯妈比威妈负责，专程飞来请求留级，校方不予批准。她软磨硬泡，搞得老美面面相觑，无法理解。我当时担任义务翻译，掩饰着尴尬想出个和稀泥的招数，提议凯瑟琳托福考到90分就重新接收，竟被双方采纳了。看到凯妈感激的泪水，我心里着实不安，因为我知道凯瑟琳能考到90分的概率为零。

为使女儿高兴，凯妈买了一部刚出炉的iPhone6送给女儿，而实际上，把凯瑟琳变成全F生的iPhone5才用了不到一年。凯瑟琳要求凯妈留下过圣诞，她也应允了。被学校开除后不去补习英语，反而有心度假狂欢，说明这条路她们并不适合走，结果更是可想而知。

再后来，一位亲戚也意欲送她儿子出国读书，请我帮忙。那男孩学习没谱但动手能力很强，从小就对机械着迷，我觉得学门手艺更好，却被他母亲一口拒绝。当然我也拒绝了她，不想害她人财两误。也许我不该这么武断，别人愿意为美国经济做贡献，我何必阻挠呢。

历史上是否出现过一国的少年大规模地到异国求学我不知道，向往好的前程、接受西方教育也无可厚非，我也见过不少聪明自信、能力突出的中国留学生。但有一点是注定的，即任何一个族群中杰出和无能的人都占少数，大多数都是普通人，家长望子成龙需要理智。钱多任性的也许可以胡来，可毕竟省吃俭用的居多，待孩子一事无成，自己的生活又大打折扣，实乃损了夫人又折兵。

而小留学生从亲朋环绕到了一个人文环境完全不同的地方，又有学业的压力，出现问题也不足为奇。尽管现代的通讯手段可以让他们随时与家人联络，但并不能取代亲情，优越的物质更不能培养其独立性和责任感。总之，钱财只是交易的工具，不是商品的，自然就换不来了。除非英语好、自律性强、运气佳，我一般不看好心智尚未成熟的中学生独自留美。

凯瑟琳走后，H太太决计不再接待，本以为提供方便能让“小留”专心学习，可惜有时反而纵容了他们，她很失落。但空了没多久，看到体育文艺学业样样精、被女孩追得六神无主的小航，她又甜蜜地毁约了。

刚过录取新生的季节，玛丽修女仍不时需要帮手，我坚持严格筛选的观点，自然有人梦碎。美籍和华人这两样标识使我联想到汉奸这一角色。跟H太太解释这个词，她表示很抱歉把我拖进来，其实正相反，是我把她拖进来的。最遗憾的是本地家庭对中国小留学生们关上了大门，今后寻找接待家庭只好向周边扩散，除了收费高、通勤长，家庭实力也有所下降。

本文的大部分笔墨都用在了负面例子上，令人欣慰的是好的小留也有一大把，除了间或带出去搓顿中餐，他们并不需要我。小冬考上了一所不错的大学，假期在H先生介绍的公司实习。凯瑟琳经过国内VIP培训，托福考了70分。最令人“振奋”的是，小威也被一所名校录取，我毫不怀疑他的资料依旧是编造的，很高兴他又来给老美送钱了。

大兔恋爱记

前年秋天，表哥的儿子大兔来芝加哥读高中，在我家暂住了一学期。虚岁十六的少年已长到一米八五，细胳膊细腿的还没什么肌肉，仍属办事不牢靠的阶段。不过穿上他们教会学校的白色T恤、米色长裤，看起来也精精神神、清清爽爽的。

尽管他在国内是重点中学的学生，可毕竟一夜之间从中文环境扎进英语世界，不可能顺风顺水，开始的过渡马虎不得。我心弦紧绷，每天探头探脑地对他进行盯梢。好消息是我担心的学习没出麻烦，却发生了另一件让人头大的事情。

开学不久，恰逢学校一年一度的Homecoming（返校日）活动，按照惯例，男生女生结成对对双双，穿戴齐整，一同赶赴各种文体活动，并选出King和Queen。大兔发现他的同学大多从幼儿园起就相互认识了，自己完全是个外来弟，如果被女孩拒绝脸往哪搁，就决定不找伴。这的确不是必须的，总有一些人由于种种原因单刀赴会。

可他不找别人，不代表别人不想找他。跟大兔同在田径队的一个男生告诉他：“我妹妹还没决定跟谁参加返校日活动呢。”男生的妹妹比他们低一届，长着一张精巧的瓜子脸，一对蓝蓝的大眼睛，大兔认识她但并不熟。晚上回来，他七上八下地问我要不要去试，我当然鼓励了：“就算被拒绝又能怎样呢？”

我想起了一个真实的小故事。女儿林林小时候大概三四岁时，一次我们全家去探访一个美国朋友。大人们坐在露天阳台上喝咖啡聊天，朋友的儿子M和林林则到后院草地上玩。但玩了一阵后，M哭着跑过来。原来他看上我们带去的小拖车，想跟林林玩拉车，但是林林对他家的水沙盘更感兴趣，对他的要求没予理睬。

听明白了缘由，我正想招呼林林过来，被朋友制止了。他同情地对儿子说：“哦，被女孩拒绝了，是很令人心碎哟。嗯，这是男孩一生都要掌握的技能，早学早好。”于是他给了M两个选择：第一，陪林林玩沙子，也许过一会儿她就会改变主意跟你玩小车。第二，你自己玩拖车，等一下再试着邀请林林入伙。但管不管用，要看你的运气，现在除了林林自己，我们谁都没办法替她决定她玩什么。听了爸爸的话，M一步一回头地看着爸爸，朝着林林的方向慢慢地蹭了过去……

有点像《故事会》是不是？大兔挠挠头算明白了。第二天早晨，他在教室外的走廊里碰到那个男生的妹妹，鼓足勇气问她是否有伴了，女孩扑闪着水汪汪的大眼睛，甜甜地说还没有。然后他抑制着狂跳的心提出邀请，女孩大方地接受了。

然而跟女孩一起参加活动，还是要投入很多精力的。我带着大兔去买服装、买领带、订花，还得跟女孩礼服的颜色搭配，前前后后折腾了好几天。其实我完全不懂这些，不得不四处请教。

问题是，我们这边想得过于简单，但其实女孩是喜欢大兔的，对他一见钟情，很多同学都知道，以至于她哥不得不亲自出马。我压抑着紧张的心情，用轻松的语气通知表哥，你家傻小子还挺有魅力的，一来就把人家金发碧眼的小姑娘给迷住了。

表哥立刻就晕了："不能扯这个！绝不能扯这个！"可他隔着半个地球呢，哪管得着啊，只有眼看事态愈演愈烈的份儿。一天放学后大兔告诉我，他看见女孩的父母了。原来他们刚结束训练往操场边上走，就听见有人起哄，说女孩的父母也在观看。别的男生提醒大兔，他们显然是专门来看他的，去打个招呼吧。出于礼貌大兔只好走过去，女孩的父亲跟他握了手，母亲也热情地寒暄，女孩则笑盈盈地歪头看他。

大兔很不理解，怎么能这样，在国内想谈恋爱也得偷偷地，如果被发现老师早找家长了，大人还不气死，怎么会大张旗鼓地支持呢。但反正他也喜欢女孩，加上别的小留学生们的羡慕，让他觉得挺有面子，甚至些许受宠若惊，毕竟是一次全新的经历嘛。

西方人不把孩子抱在手里，含在口中，从小就任由他们野蛮生长，去掌握各种生活技能，谈恋爱在高中很正常，除了入乡随俗还能有什么办法。人家都来视察大兔了，我不能不表示支持，可怎么支持我没了主意。去问一个脑子灵光的朋友，她立马就说，先去了解一下小姑娘。

我向大兔把女孩家的地址要来，这才得知人家有偌大一栋宅子，花团锦簇，紧挨一座大公园，以及一所好公校。任性的是人家不去上公校，非要另掏腰包进私校。大兔发现了我的行为后，反应很强烈：“啊虎姑姑，这样做也太无……聊了吧？”我相信他咽进去的是一个“耻”字，瞪他一眼：“就你高尚？我怎么知道他们是谁？这样至少说明是个靠谱的人家吧。”虽然振振有词，心中难免暗自叹息，当年多瞧不起俗气的人，现在自己居然也变这样了。

不过大兔悠悠地说，她看上我什么呢，我就是一个穷小子，也没啥魅力啊。听他这么一说，我想可能怪我之前对他的教诲不对。那时我给他打比方说你来到美国，就像民工子弟进城，没有户口，没有关系，所以不要跟同学比，欣然当自己，做好分内的事足矣，以后的事顺其自然。

可惜当时没料到还有遭遇富家小姐这一出，我改变口气安慰他说，你其实很不错的。从此大兔早晨耗在浴室的时间长了，我既担心他上学迟到，又心疼热水，也不好意思告诉他那水和烧水的煤气都是要交钱的，便拐着弯地暗示他要节省资源，爱护地球。

返校日活动那天，恰巧我要去听一场音乐会，便委托朋友送大兔先去女孩家参加聚会，女孩父母对大兔热情款待，夜半后女孩妈妈还把他从学校送回来。此后女孩妈妈不时开车送他们看电影、玩游戏、打网球、看球赛等。即使晚上俩人也在iPad上聊个不停，她帮他英文，他帮她数学。我也不能总让人家忙，也当过几次“车妇”。

两人交往了半年后，这段Puppy Love（初恋）在没有明显矛盾的情况下走到了尽头。主要原因是大兔在学习上要应付的挑战很多，也不太会表达感情，在女孩看来他不够爱，搞得双方都有压力，就同意散了。大兔明显地不太好受，但与女孩还保持着朋友关系，有事没事地嘻哈一阵。毕竟这段经历，对远离故土、初来乍到的大兔来说是一段温馨的记忆。

第二学期大兔开始寄宿在美国家庭里，人家有两个姐妹，他喜欢妹妹，但妹妹喜欢另一个中国男生，可那个男生对她没兴趣……少年的烦恼，周而复始。

去年秋天，大兔代表学校参加州里的数学竞赛时，遇见了本校的女学霸，一个有着模特身材的冷美人。那是他最倾心的类型，但听其他男生说她没魅力，心里很不爽，不屑地表示他们眼中迷人的类型无非就是前凸后翘而已，看着傻不拉几的。上帝不会让聪明的女孩成为一般男人的宠儿，小子眼力不错，我心想。

返校日再次来临之前，大兔设计了一幅漂亮的广告牌，走到教室前面，请求女学霸做他的舞伴。在一片掌声和欢呼声中，女孩惊得目瞪口呆，因为他们从来没说过话，但马上红着脸答应了。这次是寄宿家庭的老妈为大兔打理的一切，后来看到那些美美的照片，我心里居然有些羡慕和小嫉妒了。

我为大兔布置了“勤杂工养成101”的功课，让他演练做家务的基本功。拔杂草，搂树叶，铲雪，遛狗，喂猫，换灯泡，倒垃圾，洗衣做饭，修理自行车，看弟弟妹妹，清理屋顶排水管……学会了这些，未来不论面对什么族裔的女孩，都不会显得没本事。算起来比被丈母娘逼着买房买车，不是容易得多嘛。

接下来的功课还有“花言巧语201”“柔情蜜意301”“绅士风度401”，我虽不擅长但至少可以提个醒，至于5字头以上的，他得另找高人指点，自个儿参悟了。反观“老留”们，年少的时候没人教他们怎么与异性交往，也不懂得什么样的人适合自己，多谈几段恋爱就有水性杨花之嫌。相应地，一刀切地赞颂所谓的“从一而终”，留有后患的也很多，责任和环境使人很难有改变的勇气，只能悲催一生了。

不过大兔也提出了一个棘手的问题：美国人对恋爱这么有经验，怎么离婚率还那么高？我只能告诉他，此结婚非彼结婚，此离婚非彼离婚，目的和内容迥然不同，这是我辈要考虑的问题，小家伙你还是好好琢磨女学霸吧。

但他也不太谈论女学霸了，因为她是麻省理工的料，尽管大兔的成绩是全A，还是觉得需要再存储几分自信。另外，他跟一个韩裔女孩也很合得来，可惜人家已经有男朋友了，但是男友很理解女友和大兔的友谊，因为他俩的小提琴和钢琴合奏曾是轰动学校的杰作。

我很欣赏他在这样的年龄，已经学会处理这种微妙而美好的感情了。经过这些小历练，上了大学就能大展身手了吧，至少有不犯低级错误的能力。

飞过万水千山的鸡

经过10个小时的地方火车，2个小时的国内航班，外加14个小时的国际航班，我终于稳稳地降落在芝加哥奥黑尔国际机场。一路心中辗转反侧，对申报不申报我那只心爱的小鸡患得患失，我把可能出现的结果颠来倒去反反复复排列组合了个遍，最后一咬牙决定实话实说，就是它吧。

老天保佑，海关的帅哥在一张纸条上写上了俩词“Cooked Chicken”递过来，我就算没事了。取出行李出境复检，一名大汉扫了一眼纸条也没说什么，大手一挥让我走了。

我到家的第一件事，就是剪开真空包装袋，把那只飞越重洋的小鸡从羁绊里释放出来。一股浓郁的熏香扑面而来，我忍不住深深地吸了口气，又嗅到了家乡的味道。

没错，这是我回国探亲时从老家带回来的一只烧鸡，颜色油亮，味道鲜美，乖巧地静卧在盘子里。想象它原来的样子，是不是也长着漂亮的羽毛，跟小伙伴们在青翠的山林间奔跑，怎么最后却落在了我的餐桌上？

这样讲话真的虚伪，因为它明明是被我绑架而来。假如有一天法律禁止食肉，我肯定能够遵守，但主动放弃实在太有难度了。

美国海关在食品方面，对能带什么不能带什么，变来变去，总让人摸不到头绪。很多年前真空包装的熟鸡曾经是允许的，但中间有一段时间，凡是肉类都变成违禁品，现在鱼类可以带，其他海鲜不可以。这次纯属撞上大运，可惜我没多带几只。

老妈是十年前搬到现在所居小区的，街市上店铺林立，行人如织，但对我来说却是陌生的。发现那家熟食店纯属偶然，因为它从外表看，与同类店家并无二致，还要走上好几层台阶。然而进到里面则窗明几净，一长溜一尘不染的玻璃柜里码放着各色熟食，大到猪肘子，小到花生米，香肠、小肚、猪蹄、烧鸡、酱肉、熏鱼……琳琅满目的荤素卤品令人垂涎欲滴。

其中的烧鸡和干肠是我的最爱。这儿的鸡不是美国养鸡场出来味如嚼蜡的大肉鸡，而是本地山林里放养的小土鸡，肉质柔嫩，跟我小时候熟悉的味道一模一样。因此自从找到这个美味，每次回去我都飞快地跑去那里，贪婪地买上一堆，大快朵颐，甚至渐渐地，它成为我挂念家乡的理由之一。

操持这样一家店铺的是位小老板，第一次见他大概二十大几的样子，挺高挺壮，留着寸头，一脸憨厚，不笑不说话。他嘴很甜，对顾客哥呀姐啊姨呀叔啊什么的叫得亲切自然，对小孩也和气有加，有空还会逗一逗。他的媳妇身材高挑，落落大方，脸也漂亮，可谓“熟食西施”。二人你切肉我称重，你装袋我收钱，配合得非常默契。

见到顾客进门，他一般会招呼，啊来了，你看点啥，慢慢地别着急，看好了叫我。等人从店里离开，不论买没买东西，他都会习惯地说一声，小心台阶，您慢走，下次再来啊。他为顾客介绍食品时不厌其烦，而且买多买少都一视同仁，即使一块豆腐干、几粒鹌鹑蛋，他也热情接待，毫不怠慢。

每当我站在玻璃柜前面举棋不定，他便问道，姐今天是老几样呢，还是换点别的。对我喜欢买多的毛病，他总笑呵呵地提醒，当天做的更新鲜。其实我不好意思告诉他，我心里想的是，过了这个村就没这个店了。有意思的是，一次我弟弟去买肉，他居然问哥是你自己家吃还是给你姐呢。

有一回我又溜达去了，因为是在上班时间，店里不忙，前面只有一个老太太。寻摸了一阵，我选好了要买的东西，就排在老太太侧后方，等待交钱。岂不知她可不是个省油的灯，一会儿嫌价钱贵，哪家哪家便宜，一会儿觉得味道不好，上次不是这样的，尝这个试那个，称好的再退回去，完全不理会小老板的耐心解释，把他指使得团团转。

我一直站在那里，重心从左腿换到右腿，又从右腿换回左腿，再换去右腿，恨不得变成柜台里那只熏章鱼，多出几条腿来好调配。小伙子注意到我开始恼了，悄悄使了个歉意的眼色，我只好低头玩手机，继续耐心地等。老太太颐指气使地整整折腾了他十多分钟后，拎着很小的一袋东西，不可一世地离开了。

我十二万分敬佩地说，俺真是服了你。他一边道歉一边抹汗苦笑着说，姐你都看见了，咋整没招儿啊。没招儿？要是我早让她滚蛋了。你以为我不想啊？可做生意啥人都碰上，还有比这个更不讲理的呢，你说不忍忍，那不就天天打架了。这老太太吧，我琢磨着搞不好是啥退休老干部，没人搭理了，挺失落的，好不容易找个发火的机会，那么大岁数了随她吧，我真不是为挣她的钱，也挣不到的。

回家跟我妈说起这事，她也特别气愤，谴责半天有些人为老不尊的，然后号召别人都去他家买东西。

紧挨着他家和马路对面，曾开过很多家熟食店，我很少踏足，想着已经得到最好的了，没有必要在意别的。我是对的。

小老板一定喜欢自己干的事情，从他精心摆放的熟食就好像是一件件艺术品，就不难看出端倪。后来熟悉了，我好奇地问他怎么想起做这个生意，他笑了笑说念书不太好，也考不上大学，哪像姐你这样能满世界走。我忙说满世界也没你这的好吃。他说别的干不了，但肉谁家都爱吃，就去学习了卤制食品，开了这家店。

他每天早晨四五点钟就得起床，风雨无阻。他扳着手指如数家珍，猪从谁家进、鱼从谁家进、牛从谁家进、鸡从谁家进……为了防止卫生局突击检查，做出来的熟食他都要亲自品尝，一点也不敢马虎。否则不但有高额罚款，而且一旦名声坏了就完了，对客人不负责就是砸自己的饭碗。

今年冬天我回国过春节，到家那天是年三十中午。尽管家人备足了丰盛的年饭，我还是顶着时差晕晕地去买烧鸡。店门前人头攒动，有很多年轻军人，正把一盘盘热腾腾的熟食往外端，是驻地部队在取除夕大餐，外加其他市民，店里热闹非凡。

在一排身着黑色T恤忙碌不堪的店员间，我发现了小老板，身材圆润了很多，算起来也奔四了吧。我说了声，今天这么忙啊，他居然接下去，姐你啥时候回来的。我穿着长羽绒服，带着绒线帽，眼镜罩满哈气，距上次夏天见面都一年半了，他居然能一眼认出我来，真乃神人。

过了几天我送孩子们去游泳，碰巧遇见了老板全家也去了，他媳妇挎着游泳圈抱着小的孩子，他自带“游泳圈”牵着大孩子。我本来在躺椅上看书，赶忙跟他开玩笑：咱们生活都不错哈，其实我也准备下水的。他笑着挠了挠头说姐你还好，我是真得锻炼了。

假期完毕，临走那天早晨，我最后一次去他店里，恨不得把美味的熟食悉数收到脑海里。他不知道有可能不能过境，告诉我他购置了真空包装机，会把烧鸡封好，保证带回美国没问题。听完我的解释，他同情极了，在我已经决定放弃后，他说还是试试吧，说如果被海关扣了算他的，下次他赔我一只。

我被他说服了，不是因为亏不了一只鸡，更让我惊喜的是，他可以把干肠切段塞到鸡肚里，抽完真空就是一只鸡。我知道自己能做到吃肉不吐骨头，绝不会对美国生态造成危害的，就点头应允了。

顺利过关后，我心满意足地拨通电话，让亲戚有机会通知他一声，我们成功了。时隔半年，侄子来美读研，又给我捎来两只，都被我一个人干掉了。不是我不愿分享，而是家里其他人不觉得美国的大肉鸡有什么难吃，而我浓浓的乡情被这从小吃惯的鸡安抚了。

好几次我都担心小店会关张，回去再也见不到了，但周围来去不知换过多少家，它还一直在那里。在大咖、明星、首富、豪门等时髦字眼满天飞的时代，作为芸芸众生的一员，没有什么能比把一件小事做到极好，既养活自己又服务大众，依旧能够登上人生巅峰，更令人快乐了。

很多年前我弟弟就喜爱捣鼓汽车，动手能力也很强，我一直觉得他应该去搞汽车修配。可惜我父母和周围的人都觉得有份正经工作更靠谱，他果然朝五晚九了，赢得了世俗的面子，却浪费了独特的才华。

还认识一些朋友，天天为老大不小的儿女是出国还是考研、去美国还是英国、去欧洲还是澳洲而愁眉不展。他们的孩子有个共同之处，就是沐浴着父母的荫庇，世界之大，却不知道自己该干嘛。

谁说开一间熟食店，不是一件美好的事情？依靠它小老板积得了家产，有漂亮媳妇亲自带着一双儿女。如果说他还有其他不为我所知的规划，我也不会惊讶。最重要的是，他脸上的笑容从来没有消失过，也意味着，我还会有心爱的烧鸡可买。

为父亲做过的一件事

这几天好像是多愁善感日。

先读了一位朋友的文章《父爱如山》，回忆在农村做木匠善良敦厚的老爸曾对他的无比厚爱。最令人心痛的是，当他刚开始有钱了，正准备过年时给爱喝几盅的父亲买几瓶好酒去孝顺，父亲却因病离世，甚至没有见到儿子最后一面。他人生中第一次放声大哭，哭了一整天，然后将几瓶父亲一辈子都喝不起的好酒全部洒在了坟头。文章最后一句是："一眨眼二十多年过去了，不说了，说起来满眼都是泪了。"

不长的小文，屏幕这边的我也心酸得止不住泪滴。夏天刚回了趟老家，清晨去农贸市场，想起小时候我特喜欢跟爸爸去买菜，红色的柿子、绿色的黄瓜、紫色的茄子、橘色的胡萝卜，还有菠菜、韭菜、白菜、芹菜……在我眼里就是一幅幅色彩斑斓的图画。"上车了，手扶好，小心脚。"老爸的叮嘱还在耳边回荡。而如今，同样的蓝天黑土，同样奔流东去的大江，没有他的家乡却那么的不一样。

前天接到家里的东欧裔装修工C先生的电话，告知我原定下个月的衣橱改建能马上开始。C先生手艺好，不容易约，尤其前一段他做了心脏手术，这么快就复工，真是太棒了。他笑着说有个游学的活动女儿很想去，可家里并没有这笔预算，尽管他更喜欢躺在床上看电视，但为了女儿还是起来了，做点小活儿没问题。我莫名有些感动，电锯电钻的轰鸣之间，一个小姑娘可以如愿以偿了，因为她有个好爸爸。

昨天晚上在房前浇花，街对面又传来清脆的童音接连不断地叫着“爸爸”，此起彼伏，经久不衰。那家爸爸乘优步下班，每晚只要一有陌生的车停靠过来，孩子们——三胞胎兄弟——就叽叽喳喳地飞奔而去。那男的弯下腰这个抱完抱那个，一个个亲个遍，耗时许久才能停歇。

我拎着水管看得好暖心，快发大水了都没察觉。小时候我父亲总是无休止地出差，走遍了除西藏和海南之外的中国大陆所有省份。那时没有电话，他回程的时间经常不准，期盼中每当老爸出现在门口，我也这样激动万分地冲过去，抓着他连蹦带跳。上海的大白兔奶糖，北京的沙琪玛，哈尔滨的红肠，塑料凉鞋，玩具手枪……无数的好东西，都是一件件地从他的旅行包里变出来的。

有一次父亲从南方买回了香蕉，我们从来没吃过，就兴奋地围成一圈等。可当他打开包装，只看到几条烂乎乎的黑东西，尽管他日夜兼程，还是不敌细菌。他觉得对不起孩子们，懊恼了好久呢。

我爸因为家庭成分不好，年轻时被派到黑龙江支边。不过那反倒帮了他的忙，因为地处偏远，父亲能规规矩矩做他的工作。他言语不多，表情严肃，其实心特软，惯孩子没商量。我就是“受益匪浅”的典型，只知道索取，从来想不到他需要什么。

当然，我大学毕业挣钱后会给家里买些礼物，不过也就限于北京特产什么的。还有单位发的劳保棉服，我选了男式的寄回去，老爸穿上挺时髦。两年后我开始自学英语，夜以继日地忙，因此并不知道父亲退休后过得不如意。由于他们单位有人滥用职权，他和一些员工被坑，连退休金都没有保障。

那时中俄边贸红火，以物易物很盛行。在被交换过来的商品中，狗是一道独特的风景。之前黑龙江本地基本只有黄黑色的土狗，俄罗斯人送来了金毛、萨摩耶、牧羊犬等各种宠物犬，还专门开辟了狗市。我爸特别喜欢狗，每次看到都忍不住逗一逗，没事儿就到狗市转悠，那大概是郁闷的日子中最让他开心的时刻。特别是当亲戚家有了条哈巴狗后，我爸三天两头往那跑，还买香肠喂它。但不论谁劝他都舍不得买，因为宠物狗要千八百元一条，相当于几个月的工资了。

我回家探亲，看在眼里，心中暗暗勾画出一个计划。去俄罗斯的一日游很方便，人们都夹带东西去兑换，我也想去凑热闹，老爸不明就里决定陪我走一趟。

临行前，我去找一位医生阿姨请教带狗过境的难题。别人怎么弄的我不清楚，但动物属于违禁品，不过既然大家都这样，我也想试试。阿姨给了我一瓶镇静剂和一只注射器，估摸了个剂量让我见机行事，毕竟她不是兽医。我还找出一件我妈的大马甲，又去提了一些服装鞋帽等货物，就算万事俱备了。

次日，待客轮劈开两行浪花，散发着浓郁俄罗斯风情的城市就在眼前了。俄国人的街道很干净，衣裙艳丽的胖大婶三两成群地走着，还跑着很多老式的伏尔加小汽车。带着尖顶的小房子漆得红红蓝蓝，白鸽在街心广场上惬意地踱着方步，一切非常漂亮祥和。

游完城后我们被拉到了大市场。我设法把我爸支开，叫住一个小贩悄声问哪有狗。尽管当时我的俄语已经生疏，但这几句还能应付。他打量了我几眼走开了，不一会儿带来一个大胡子。我说狗是给我父亲做礼物的，要漂亮点，不能太大。大胡子听罢也走了，返回时手上多了只巴掌大纯白色的小狗崽，唧唧地到处拱，可爱极了。我有些不太放心，大胡子指天发誓保证是纯种小猎犬，比划着示意它长不到二尺长、一尺高，是公的，看家还很厉害呢。

只用了三十多元人民币，小狗崽就易主了。我在熙熙攘攘的人群中找到我爸，指指我的马甲里层，他先是惊诧万分，继而兴奋不已，很少看他那么高兴过。吃午饭时服务生冲我伸大拇指，还端来牛奶帮我喂它，同来的游客也都羡慕不已，表示会为我打掩护。

按照计划，我在返程前半小时给小白吃了安眠药，但它仍不时扭啊扭的。排队过边检时全程顺利，但离最后的岗哨就差两步远时，小白突然汪了几声，奶声奶气的，我听了却有如惊雷。值勤的士兵循声望来，我汗一下就冒了出来，周围的空气也凝固了。我爸忙不迭地把两张钞票掩在护照中递上去，兵哥不动声色地挡回来，继续持枪笔挺地伫立，仿佛什么也没发生。

至于小白，上船不到三分钟就全身松软，像个面团一样，怎么揉搓都不醒了。

从此我爸有事干了。俄国人没骗我，小白就长到那么大，模样俊朗，个性鲜明，聪明伶俐，警觉度高，领地意识强烈，对我爸言听计从，对外人则画风迥异。每当被人问到从哪弄的，我爸便自豪地说是姑娘在对岸给换的；有人好奇是什么品种，他也说是姑娘换的所以他不知道；还会碰到有人出价，他更说是姑娘给的了，言外之意你就甭想了。

但是他终于没能守住诺言。两年后跟我爸感情深厚的伯父病重，他需要去探望，我妈身体不好，哥嫂工作忙孩子小，别人的话小白又不听，无奈之下被一个狗贩百般游说，我爸就一咬牙以六百块钱的价格卖给了他。

几天后我妈去市场购物，突然听到熟悉的呜咽声，是瘦骨嶙峋的小白被关在一只笼子里，看到我妈拼命往外撞。摊主一看忙抓住我妈说，姨呀是你家狗吧，打从来了不吃不喝，谁碰跟谁急，没见过这么烈的狗，别人养不了啊，我亏本卖给你吧。我妈东西不买了，跑回家把钱拿来，原封不动悉数退还，把小白抱了回来。

小白大病一场，后经我爸精心调理，百般呵护，数日后才逐渐好转。但它极度消沉，我爸低三下四地哄，不停地赔不是，家里才又恢复了快乐的样子。

后来的事情是这样的：我出国后，一天我爸遛狗时候碰到一个男的，见到小白就惊呼天人，说他有个一模一样的“狗女”待字闺中，很想结个亲家。我爸解释是女儿给的狗，一只足矣，拒绝了他。那人很执着，居然跑到我家楼下等。我爸不好意思，就说哪天一起去遛遛吧。没想小狗男见到小狗女，一切都改变了，小白顿时坠入浩瀚无垠的情网，并第一次对生人服服帖帖。

此时我妈被人骑车撞伤卧床，伯父病危继而不幸病逝，我爸疲于奔波，想起两只小白快乐追逐的样子，他动摇了，这样也许对谁都好。那男的欣喜若狂，要我爸开个价，我爸说你随便吧，咱图个缘。人家很大方，给了狗贩子三倍的钱，搞得我爸又倍觉愧对小白。后来他们在街上碰到过，小白跑来亲切地在我爸的腿上蹭了蹭，然后头也不回地跟媳妇走了。

当然这是后来家人告诉我的。父亲病逝我也没见到，我在离他一万三千多公里的地方绝望地独自痛哭，不分白天和黑夜……唯一让我好受一点的是他为我做了十万件事，至少我做了一件。

一眨眼二十多年过去了，不说了，说起来满眼都是泪了。

姓吕惹出的麻烦事儿

我父亲姓吕，所以家中兄妹几人自然也姓吕，这是我从小就牢记的。古语说大丈夫行不更名坐不改姓，任何情况下都不可擅动自己的真名实姓，更可谓金科玉律。不过没想到的是，姓了四十多年的吕（英文拼写Lu），我哥的姓却被活生生地改掉了。

故事源起三年前的年底，我邀请在国内的家人来芝加哥过圣诞节，并给他们预订了美国航空公司的机票。但他们因故无法成行，计划只好暂时搁置。因我所购机票为不可退款类，所以行程变更拿不回现金，不过扣除少许手续费后，余额仍归原乘客账号所有，一年内有效，实际没什么损失。当他们确定了新的来访日期，需重新买票时，我才发现我哥账号上的这笔钱出了问题。

我姓吕，我哥当然也姓吕。我第一次买票填他的英文姓氏时写的是Lu，自然没有错。但这世界变化太快，我事后才得知，吕的拼音不久前在中国被改成Lyu，我哥刚好申请了新护照赶上潮流，所以英文姓氏就变成了Lyu而不再是Lu了。

第二次买票时，我牢记以新近正确的Lyu来填写，不料却被航空公司拒付原Lu姓名下的票款，理由是该钱不可转让。尽管我不厌其烦地解释，并表示可提供新闻报道作为依据，但客服坚持说如果没有正式法律文件，Lu和Lyu分明就是两个不同的人。

拖了几天，眼看票价不断上涨，我的心烦程度也与日俱增，甚至后悔没直接以笔误为借口，那样的话，对方可能还容易接受一些。后来好不容易联系上一个经理，又啰唆一番事情的原委，他好像充耳不闻，跟我有了下面一段真实的对白：

“你哥最近被人领养了吗？”

“领养？他都48岁了！”我非常迷惑。

“女士（升调），女士（降调），这不是我要问的。我不需要知道他的年龄。我的问题是：他最近被人领——养——了——吗？”

“嗯，我想他没有。”我老实回答。

“你想（重调）他没有？”

“不，我什么都没想。我的意思是，我确定，他没有被领养。”

“谢谢。那么他最近结婚或者再婚了吗？”

“不，他没有，仍然是原来的老婆。”我学乖了，斩钉截铁。

“哦，那么，他更改姓氏的理由是什么呢？”

“嗯，实际上他从来没有更改过的。”

“但是我们视Lu和Lyu为两个完全不同的姓。”

“是的，它们的确不一样，但是就像我已经解释过很多遍……”我特别窝火，可还不得不耐着性子把中文未变，只是按政府规定把英语拼写进行改动的事重复了第N遍。

“多么荒唐啊！一个人的姓氏都会变的呢！”对方最后得出这样一个结论。

哎，看来与大多数老美一样，中国对他只是个遥远的符号，照章办事，有些东西他真的想不明白。好在他给了我继续说下去的机会，我定下心来给他扫盲，说领养和结婚是美国人合法的改姓理由，但在中国，结婚是不改姓的。你看同行的人都没变，支付差额的还是我，除了姓氏，该问题乘客的其他资料都没变，欺骗的几率有多大？如果拿不到这笔钱，我将向我的信用卡公司申诉，麻烦必然还会回到你们这里。你这么不肯帮忙，以后谁还敢乘美航的飞机……

继续等待了若干长时间，被转来转去数次，耳朵压扁电池耗光，最终才把事情搞定。我当初也购买了旅行取消险，后来向保险公司理赔机票改期费时，由于美航方面的记录已改成Lyu，再次与被保人Lu不符，自然又大费一番周折。

我精疲力竭，幻想能被一位姓孔名方的男人领养当妹妹就好了，倒不是我贪财，而是办起事来方便啊。比如倘若我买得起头等舱，就可以随便改，从清晨改到黄昏，从夜半改到天明，哪用这般费口舌。或者索性不要了，不就一千几百美刀嘛，谁还在乎可退款不可退款，可转让不可转让的呢！

最终，我老妈率队来了，玩儿得很高兴。尤其购物一项，兄弟及他们各自的老婆都展现出了火山喷发般的热度。数日逛下，我脑海中晃动的都是电子产品、服装鞋帽、保健品、化妆品，等等，经久不散。

他们回国前夜整理行装，我哥把护照摆在桌上，我突然想起什么翻看起来，忍不住自作多情地感慨：“啊，真的，从今咱俩真就不一个姓了。”他正满意地摆弄着自己的新手表，笑容突然凝固：“你都不是中国人了，跟你不一个姓算啥。问题是，我儿子跟我也不一个姓了！”

侄子高中时出过国，执老护照，所姓Lu也。

女孩丽萨

春天里到处郁郁葱葱，鸟语花香。不经意间小猫三虎也一岁多了，我则白天实习晚上上课。*

门前的草坪上安有一套大型玩具，由于住户中孩子不多，所以大都空空如也。但不知从哪天起，有个小女孩灵活的身影，开始经常出现在那里，每当看见我，她都飞快地跑过来，咯咯地笑却不说话。

一天我刚驶入停车场，几声“嗨，嗨”的悦耳童音便飘了过来。定睛一看，正是那个不知名字的小姑娘，被一个高大英俊的金发男子抱在臂弯，旁边是位苗条优雅的亚裔女子，都笑吟吟地朝我望着。再定睛一看，女孩就是对照两人的模样混的，嗯这是一家人。

男人上前自我介绍说，他们住在旁边的楼里，年初搬来的，他是德

* 本文写作的故事发生在 1998 年，当时作者花虎还在求学阶段。

国人，妻子是日本人，女儿快四岁了叫丽萨。最近丽萨总嚷着要到邻楼来，出门就撒着欢往这跑，原来是二楼有只大花猫，她喜欢得不得了，隔着玻璃跟它唱歌跳舞，拉都拉不走。孩子不请自来，未经允许就扒窗往里看，一直想跟主人道歉。

哦，小孩喜欢猫没问题啊，我让他们不必客气，愿意看随时过来，我如果在也欢迎她进屋玩。他们连连称谢，大家就算认识了。

之后丽萨便隔三差五地来找三虎。她的热情就像夏天里的一把火，对三虎充满了好奇和爱恋，甚至几分崇拜。三虎随便的一举一动都能让她爆发出小鸟一般的欢叫。起初三虎还试图躲避，但很快就习惯了，允许她搂它亲它，就是不小心被揪了胡子踩了尾巴，也只是挣脱了事，并不做丝毫反抗。有时它也舔丽萨的头发和脸蛋，把她痒得咯咯地笑个不停。

我曾经担心三虎会把丽萨挠了，盯了一段毫无迹象，便随它们去了。三虎会在前面跑，丽萨在后面追，猫能做出很多令人眼花缭乱的动作，像急刹、扭转、旱地拔葱、飞檐走壁，任丽萨跑得满头大汗也敌不过它。她毫无怨言，累了就趴到地上，气喘匀了爬起来接着玩。她还喜欢把三虎当成枕头，横七竖八地滚在地上。有时我给他们放卡通片，俩小家伙就依偎在一起看。

小丽萨是个外表并不惹眼的孩子，但是只要跟她待上一会儿，你就很难忘掉她的样子：活泼开朗、聪明伶俐、自然大方，连我这一贯不太喜欢小孩的人（只是当时）都打心眼承认，小丫头太可爱了。

丽萨妈会烘焙，有时会端些自制的点心过来。她英语水平有限，但借助日语中的汉字我们也能交流。比如我得知她是在西班牙留学时认识了先生，两人的共同语言是法语和西班牙语，丽萨也听得懂。但他和女儿只说德语，她只说日语，如今在美国上幼儿园，孩子又在学英语。

小丽萨真不容易，我不禁直摇头。是啊，丽萨妈说，前一段孩子可能被搞糊涂了，在学校和家里都不说话，还以为她病了，去见医生也没查出什么。热爱动物是孩子的天性吧，自从她发现了你的猫，就完全恢复正常，天天盼着见三虎，还说要跟它结婚。

我笑了半天，逗丽萨说她爱错了对象，三虎是女孩，不可以嫁的。丽萨望着我，目光中透着一股坚定："为什么不行呢？我就是想跟它结婚，不管它是男孩还是女孩。"四岁不到，就开始谈婚论嫁，英语没学几天，就敢跟大人叫号，实在是厉害。

丽萨爸担心她来得过于频繁，我连忙保证说没有。她就像一只快乐的小鸟，我还希望见到她呢。室友也跟我一样，对她喜欢得不得了。

有一天丽萨满脸媚笑地看着我，小心翼翼地措辞：

“大虎小姐，我有个梦想，只有你能帮我实现，你答应我好吗？”

“哦？你有个梦想？你也有个梦想？说来听听，如果可以的话我愿意帮你。”

“你能，请你一定不要说不啊。”

“我尽量，但你得先跟我说是什么呀。”

“我想，把三虎，请到我家，可不可以？”

“这个，当然可以，不过你要三虎到你家干什么呢？”

“玩我的玩具啊，可多了，你家什么都没有，它多闷呀。哦还有，我让它跟我一起睡觉。”

“我不能一个人说了算，还得问你爸妈，他们两个大人批准才行。”

“你只问我妈妈吧，求求你。你也说可以，就是两个大人了。”

她左一个请、右一个求，谁能忍心拒绝呢？丽萨妈沉吟片刻，也点了点头。丽萨欢呼雀跃，使劲勒了一下我脖子，又在她妈脸上狠啄一口。

一夜无事，第二天晚上却收到丽萨爸的电话，希望与我面谈。糟糕，三虎把丽萨怎么了，我不安起来。但与我担心的正相反，他觉得是丽萨把三虎怎么了。他摆出一堆理由，说明她还太小，虽然爱猫但不知道如何爱，抱三虎的姿势会让它不舒服，待它的态度不平和云云。宠物带给了人快乐，他们却没给予应有的关照，对三虎不公平。

这都什么乱七八糟的，不就给孩子玩玩猫吗，哪有这么邪乎。不过他既然要求了，我只好说尽管我没觉得多严重，但如果你认为不合适，那就送回来吧。他舒了一口气，却要求我去接，说他家现在是二比一，他是少数但掌握真理的一方，需要我帮助。

我心里别扭，还是随他去了。丽萨已哭成了泪人，抱着三虎不松手，丽萨妈轻抚着女儿的头发，沉着脸一言不发。我只好连哄带骗，硬把猫带走了。不久又发生一件事，使我对丽萨爸彻底不满起来。

那是到了六月底，一连数日大雨滂沱后，天好不容易放晴了。我下班刚从车里钻出来，就听到几声稚嫩的呼喊，循声望去是丽萨小脸顶在自家窗户内，兴奋得一跳一跳地跟我挥着手。少顷，门打开了，她一口气奔到我面前，呜英里哇啦说一堆我听不懂的话，我蹲下去用英语告诉她："丽萨你忘了，大虎讲的是英语。"她脸一红不好意思地笑了，顿了几秒，小声地说声嗨，特别可爱。

原来丽萨妈扭伤了脚不便出门，加上天气不好，丽萨好多天只能闷在家里。我问她是否想找三虎玩，她高兴得连说要，揪着我的手就跑，还问该跟三虎说什么语。室友也难得在，带着丽萨和三虎滚作一团，我则趁机做晚饭。丽萨抽着小鼻子说好香，我便想请她留下来，丽萨妈很爽快地同意了。

但菜饭刚摆上餐桌，电话铃响了，丽萨妈抱歉地说她先生认为女儿应该在家吃。丽萨哭了，不停地嚷着不，不料她爸很快从天而降，老鹰捉小鸡般夹起她就走。他咚咚的脚步声、她接连的叫喊声、他打屁股的啪啪声、她更尖利的嚎啕声，一浪高过一浪。我和室友目瞪口呆，追到走廊从栏杆往下看。住在楼下的夫妇望着他摇头耸肩，对面几个人也摊手叹息。直到砰的一声关门响，丽萨的哭喊才终绝于耳。

我恼火极了，饭后给丽萨爸打电话，告诉他如果还有下次，不希望他把孩子从我这揪出去打，因为她没做错任何事。他沉默片刻，道了声对不起，辩解说小孩就要严管，不能由着性子来。还说她表现得可爱实际非常狡猾，我没有小孩不懂她的心思。

我懒得提及自己不幸还恰巧学过教育学，只是平静地反驳他说，儿童不是小号的成人，在缺少玩伴的环境，这点乐趣不该被剥夺，况且还影响到我，很不合适。按理他调教女儿外人不好插足，但我已把丽萨当成小朋友，有种朋友被欺负必须为她两肋插刀的感觉。那头又传来几声对不起，爱谁谁我挂了。

之后碰到丽萨爸我尽量绕着走，夏季学期开始后，我依旧选了晚间的课，但因故错过了与同学自由组合的机会，便由教授推荐加入了一组。我一看组员，不禁暗暗叫苦，原来那不是别人，正是丽萨爸，和另外三个年轻德国男生。他盯了我好几秒笑出声来，忍不住的那种。

德国人的严谨认真绝非浪得虚名，夜夜鏖战中，我领教了他们不可理喻的精益求精。这门课对他们是必修，对我却是选修，因此他们全天泡在学校，我只有晚上才出现。于是我改变策略，不是端盆水果就是带袋零食，他们干活我挑刺，结局皆大欢喜。

期间还发生了一起意外——三虎走失了，帮我寻猫的人达到了两位数。丽萨爸也半夜起来在外面转，事后听人提起，我对他的不满也渐渐消失。

八月底室友要转学了，我为她做了一桌菜。她说要带个朋友来，我以为是她众多的追求者里有人中标，好事地左顾右盼半天。一见面，居然是小丽萨，终于把没吃成的饭补上了。

秋季学期我更忙了，时光飞逝，学期在圣诞节前结束，丽萨爸也完成学业，携家返回德国了。我把他们送到机场，与丽萨母女依依话别。丽萨爸最后俯身拥抱了我，说了一长串的话：非常感谢你来送行，让我不觉得离开得孤单，还感谢你、你的猫和你的室友对我妻子女儿的友情。她们的生活因你们变得充实和美好，尤其给丽萨留下珍贵的回忆。我也怀念在一起的日子，充满了挑战但非常愉快。我们会想念你，祝你节日快乐，工作顺利，生活如意……

大男人动起感情来不得了，老外演讲的本事就是高。我的车启动了，丽萨不停地向我飞吻，开出很远，还能瞥见她的小手在风中挥舞。两个星期后我也毕业离开那里。一晃就是十八年。

（后记：2012年一个明媚的夏日，我途经慕尼黑，在市中心一座漂亮的皇家花园见到很多妙龄女郎，在清凉夏装的点缀下分外俏丽动人。记得丽萨就是在这座城市出生的，算起来刚好十八岁，该上大学了，如今已经不必再被她爸紧盯了吧，这些轻盈快乐的女孩中说不定有一个就是她呢。）

曾经的“男朋友”老刘

老刘是位福建农民，家住福州乡下，20世纪80年代中期花费三万美金，偷渡来到美国。他比较幸运，是正经八百地飞到南美，又乘车顺利入境的，跟很多冒着生命危险趴船闯关的人相比，算没遭罪。

之后他踏着前辈的足迹，辗转数家中餐馆，挣够了蛇头*的费用后，落脚于一家位于大学城的高档酒楼——金宝湖。我们相遇时，距他来美整十年，而作为留学生，我踏上这块大陆仅半载。俗话说，鱼有鱼道，虾有虾道，两个在祖国毫无交集的人，在异国他乡却成为了朋友。

那年圣诞节前不久，我刚结束硕士课程的期末考试，有朋友就为我找了份金宝湖包外卖的工作。其实原本是她在干，可惜因病无法继续，便推荐了我。

---

* 蛇头，就是指那些把偷渡的人带出国境，从中赚取利润的人。

这个活儿时间不长，每晚只有四个小时，除了可以挣到20美元，还有免费的晚餐。彼时大街小巷到处流光溢彩，温暖欢畅的节日乐曲满城飘荡，我在惴惴不安中来到了传说中的中餐馆。

以前在中国没有外卖这一说，去了金宝湖才知道什么叫包外卖。就是顾客打来电话订餐，做好后放入特制的包装盒，再装进袋子，由客人来取或送货上门。这活儿说起来容易做起来难，因为品种繁多，分量不同，特别是那些汤汤水水，要摆得严丝合缝，不能外漏，更不能装错。

培训我的大婶只演示了几遍，还没等我认清餐盒的尺寸，区分开何谓左宗鸡和北京牛，就被当成全工使用了。我虽然肩能担担手能提篮，但初来乍到难免慌乱，被脾气暴躁的老板狂吼，立刻体会到“落难凤凰不如鸡”的感觉。（有趣的是，听很多男生说类似情况下首先想到的是“虎落平阳被犬欺”。）

谢天谢地，按照老美的说法，上帝及时为我派来了一位天使，他就是餐馆的油锅，偷渡客老刘。老刘背后没有白色的翅膀，头顶也没有金色的光环，他只是个中年男子，不高不矮，又黑又瘦，梳着中分，普通话说得费劲，听来比英语还难。更让人崩溃的是，什么年代了，他一张口还露出几颗明晃晃的大金牙，只差件对襟布衫就能演电影里的叛徒特务了。

所谓油锅即负责需要过油的食物，包括成品和半成品，其厨具设备与外卖台毗邻，因此我俩离得很近。沿袭国内单位的习惯，把工人一律叫师傅，我称呼他刘师傅，意外地给他留下了好印象。

金宝湖兼营粤菜、川菜，菜单分中、美两种，五花八门，我新手上路，不可能不出错。老刘因为看不下去，开始默默出手相助，当然我晕头转向，毫无察觉。

直到几天后，老板突然通知我准备在圣诞夜打前台，即从包外卖高升到端盘子。因为该店价格昂贵，只雇专业服务生，人人都很惊讶。老板后来给出的解释是，他从来没见过像我这么敬业学菜谱的，希望我能多挣点。其实我只是喜欢读书，餐馆里没别的，一不小心被他误当作知音了。

但现实是，餐馆总共108个座位，老板坚持只用两位服务生，外加一位bus boy（餐厅侍者助手），接单、上单、送餐、算账、各种服务，简直是不可能完成的任务。

就从那天起，我意识到有老刘多重要。我本是地道菜鸟，堂吃比外卖更让人眼花缭乱，好在每次杀进厨房，所需菜肴大都神奇地摆放在醒目的地方，既加快了我的速度，也免去被老板跟在后面狂吠。人一被逼潜力也就出来了，当天我得到240美元小费，相当于以前两个月的工资。此后依靠断断续续的打工，我度过了一段困难的日子，跟老刘也熟悉起来。

乍听老刘的故事，对我来说犹如天书。我自己是读过大学、干过国企、考过托福GRE，在人们羡慕的目光中赴美的，只因我想追求不同的前程，走这一步心甘情愿。而非法偷渡，是个多么不光彩的字眼，我本能地保持着跟老刘的距离。不过了解到他的艰辛后，我的防备便渐渐地解除了。

首先由于没有身份，他要谨言慎行，处处小心，平时热闹的地方都不敢去。其次因语言不通，只能被局限在宿舍和餐馆之间，年复一年，唯一的娱乐只有聚赌打牌。另外他申请避难，常年无法与家人团聚，寂寞孤单，一直硬扛。而且因经济压力，长时间、高强度的工作成为常态，异常辛苦。记得夏天厨房里比蒸桑拿还热，整日围着滚烫的油锅转，可想而知是什么滋味。

尽管如此，难掩老刘乐观开朗、喜欢大笑大叫、外带几分江湖义气的脾气。餐馆里是非多，他很会察言观色，曾暗示我不要与某人走得太近，我不以为然果然吃了亏。一次一位刁钻的越南裔女服务员点多了菜，硬赖到我头上，还要找老板，老刘二话没说伸手把菜扣进垃圾桶，惊得她立刻满脸堆笑。

他被钦点为我的男朋友，是老板的主意。后者腰缠万贯，性情乖戾，大家都对他噤若寒蝉，唯独老刘是例外。实际上老刘是会炒菜的，鉴于别人都爱争当大厨二厨，他主动承担下油锅。餐馆里大厨很关键，也容易陷入与老板的矛盾漩涡中，所以他宁肯远离是非。听说他倔得出名，一旦被惹怒拔腿便走，经常害得老板好话说尽把他请回来。

一天我正给客人盛米饭，老板突然咆哮给得太多。我对他早已忍无可忍，将碗狠狠地摔在不锈钢厨台上，碗叮叮当当跳跃着，一路颠簸出几米远。我则踹开后门，扬长而去。

老板顿时懵了，半晌无语，然后嚷道：“这个女仔好凶！难怪老刘喜欢！这两个好般配，都敢跟我吵……”因为每人都挨过他的骂，大家心里乐开了花。事后我向老板娘辞工，她说给她点时间找人，各自有台阶下就算过去了。不过从此老板把老刘叫作我的男朋友，别人也跟着乱起哄，我觉得挺可笑的，随他们了。

老刘是已婚的，跟老婆感情很好，原来没想过偷渡。有了一儿一女后，好不容易凑够计划生育的罚款，老二又被诊断出眼疾。村里本来就没地可种，小买卖也不好做，孩子的病雪上加霜，才促使他最终步了成千上万乡人的后尘。

多年来，除去留点赌资和酒钱，老刘把工资都寄回家去。尽管他有时也抱怨老婆打牌太浪费，还是很感谢她，说拉扯孩子不容易，儿女都老实读书没学坏，多亏了死婆娘。这番话让我一直记得，因为听到了太多“老婆不就是干这个的吗”，理解女人难处的男人好像不多。

本着礼尚往来的原则，我也帮他一些忙，如代买东西等。有时也一起出去，我开车他请客，跑到西餐馆大搓一顿。听说他从没进过美国的影院，我选了部没有太多对白、主要看场面的大片，终结了他的遗憾。

我们还曾结伴同去纽约，我是趁春假看同学，碰巧他上移民庭。出于好奇我跟他拜访了一些亲朋，都很热情好客，质朴无华，当然也大多是依照传统，历经偷渡、打工、拿绿卡，最后全家移民的。撇开手段不提，尽管境遇很艰苦，老刘们不向命运低头，以集体意识相互扶持帮衬的勇气，令我由衷地敬佩。

后来他儿子参加高考，我找人帮他填报志愿，男孩如愿考上一所名校，成为村里第一位正牌大学生。老刘高兴得整天哼着小曲，大金牙在餐馆柔和的灯光下更加醒目。我曾问他将来是否会把金牙换换，他笑答：“我不找女朋友，不娶小老婆，也不照镜子，换你个头！”敢情他是影响市容，专害别人的。

老刘还有俩毛病，就是爱喝口小酒，喝多了会略撒酒疯，也好赌点小钱，有时瘾还挺大。有一阵他突然劝我不要打工了，他可以借钱给我，上完学早工作更合算。我谢绝了，但经不住他一再提起，于是接受了一些。他坚持要多给，叨唠着钱要给有用的人，办有用的事。后来他才跟我承认，多亏把钱借给我，要不早输光了，原来当时他跟赌瘾在角力。

我到芝加哥后，数度邀请老刘来做客，千禧年他终于翩翩而至，但当日便匆匆返回了。临走前他解释说：“我是个没文化的大老粗，和你的朋友不一样，别人见了会觉得好奇怪。人和人有各种缘分，你瞧得起我我很开心，看你过得好就好，等以后你一定来我家。”受人尊重，是老刘最在意的。

因为各自忙碌，我们再也没见过面，但始终保持着联络。他拿到身份了，老婆和女儿来美团聚了，儿子在上海结婚生子了。最好的消息是老刘成“海归”了——错过儿子的成长，他不想再错过孙子的。

美国无疑是世界上对移民最有吸引力的国家之一，因合法途径不足，非法移民便应运而生，据维基报道，截至2012年共有约1100万非法移民，来自中国的就有12万。每当人们对此众说纷纭，甚至发起攻击时，我的心情总跟这个复杂的问题一样，有点复杂。

貌似出于劳力和人道的考虑，以及历史和现实的原因，美国允许非法移民的存在。不谈其他民族，我感兴趣的是为什么以中国之大，唯有福建人有此传统。经过一番搜寻，我认为合理的解释是：

由于地处东南沿海，福建人自古便有出海谋生的传统。近代或因经商，或因逃避战乱、灾荒和官府，这个习惯有增无减。1949年后，山林多、耕地少、经济发展本来就受制约的福建成为政治敏感地带，所以人们生活很不富裕。加之重商轻文，海外关系丰富，素来能吃苦、爱拼搏、性格果敢的福建人，便相继走上淘金之路。

说白了就是没钱，想挣，并愿付出代价，老刘就是完美例证。有人出生便拥有财富、智力、权力等无数资源，有人则完全相反，老刘们像一面镜子，照出人间百态。法律不是绝对公正的，当与之迂回就能够生存得更好，有人便选择了义无反顾，我可以理解。

老刘没向政府要过一分钱，干着没人愿意干的活，吃着没人吃得了的苦，背后饱含辛酸和奋斗，为家人赢得一片天。他热爱中国，那是他梦想中的家园，又依恋美国，这里是他改变命运的地方。在浮华的世界中，如此这般有目标、有责任，并且保持着善良本性的人，在我这个他眼中有文化的人看来，就是成功者。

松鼠小松

我公寓的客厅有一扇宽敞的大落地窗，坐在屋里，外面的世界也可一览无遗。周围树上最多的东西就是各色的鸟儿，鸣鸣啾啾，非常动听。另外便是动感十足的松鼠了，无一例外翘着毛茸茸的大尾巴，胖胖乎乎，煞是可爱。

我从小便听过许多关于松鼠的故事，比如那个怕小马淹死而大叫着的小家伙，所以对它们一直怀有乖巧、动人等印象，但活的却是从来都没见过的。到了美国就不同了，小动物们人丁兴旺，松鼠憨态可掬、天马行空的举止，更让我情有独钟。

但是面对面地跟松鼠打交道，却是我从来没有预料过的。

第一次近距离接触松鼠是在一个秋日，我正在厨房整理碗筷，突然被一阵奇怪的砰砰声所吸引。找了半天也没发现声音是从哪发出的，猜测可能是邻居钉钉子，便埋头去忙没再关注。可是同样的敲击日后数次传来时，我有些不安了：谁家有这么多钉子要钉，这墙还不成了筛子？特别是天气不好时，听起来就有些吓人的味道了。

一天那个声音又响了起来，格外清晰，毫无疑问近在咫尺。我抑制住一阵心悸，调集所有感官进行探测。居然是一只松鼠，站在落地窗的外面，举着前爪，准确无误地叩击着窗玻璃下方。见我注意到它，它停了下来，微微侧头，好像有话要说的样子。我丈二和尚般推开房门，它原地未动，镇静地与我对视，目光中充满了期待。

我知道它什么意思了，忙返身回到屋里，可我什么坚果都没有，最靠谱的只有几片剩面包。我掰成小块，撒到门外，那松鼠谨慎地凑上来，飞速搬起一块，即刻消失在一棵红艳艳的枫树里。不一会儿工夫，我都没看清它何时回来过，地上就干干净净了。

有了第一次就有第二第三次，后来这只松鼠经常光顾我家。它每次都是立起后腿，用前爪有节奏地敲击窗户，我买回一大袋烤花生，听见了就抓几个放到门外。它总等我回屋再从容地上前，用不了片刻花生就无影无踪了。

我之所以能够认出它，凭借的不是其与众相同的外表，而是平和自信的神情。稍后我不想总松鼠松鼠地统称，就给它起了个名字叫小松，也不知道它性别，反正男女皆宜吧。

有一个深秋天，云淡风轻，我开着门做饭，想把油烟放出去。突然，几声熟悉的叩击后，小松没在窗前停留，而是旋即出现在门口，探着头往里看。我忙关小灶火，伸手取来花生袋掏出几颗放到门外。以往小松是拿了东西就走人的，不过这回却当场大吃起来，花生壳嗑裂的声响清晰悦耳。

我被它的不见外所感动，心说终究没白喂一场……可还没等我陶醉完，却见小松陡立起来，目光从我身边掠过，怔怔地射向前方，纹丝不动，只有瞬间如天女散花般暴膨的尾毛，在微微震颤。

我这才意识到认识小松以来，我犯了一个巨大的错误，就是忽视了家中还有两个重要人物：室友黄莺和狸猫三虎。因为知道黄莺一贯害怕动物，也不懂松鼠和猫有何相干，我自然地以为这只是我的事。

我为小松的异样所迷惑，侧头一看，我的天啊，不知何时三虎出现在身后，凶光毕露，背毛根根倒竖像极了嬉皮士头，尾巴也涨成鸡毛掸子，正嘶嘶有词，匍匐前进，一触即发。我从没见三虎如此凶悍过，吓了一跳，再看小松，显然已经意识到危险，留下一堆花生壳，迅速离去。

我赶紧关上门，三虎已纵身跳到窗前，尾巴飞快地击打着地面，发出低沉的呜呜声。小松是客人，不可以这样啊。我弯腰把它挪开，它虽没反抗，可恶狠狠的表情流露出明显的不甘心。

黄莺也有一次遇到小松，惊骇之下把手中要吃的蜜橘打出去，结果不但没击中目标，武器反而被敌人缴获了。事后我遭到了她的质问：你的鬼松鼠为什么连我的橘子都要抢！我强忍狂笑，答应赔她一个橙子。

天越来越冷了，我以为松鼠会冬眠，抓紧给小松提供粮草，以便它大雪封门时享用。但我错了，它照来不误，不过很有分寸，并不贪婪，刚好让我开始惦记起它，又不被它造访过繁所打扰。

一个飘着清雪的下午，小松又来了，但不是它一个，还带了一大群，贼头贼脑地跟在它身后，场面非常壮观。因为松鼠实在太多，我心中颇为忐忑。但当我一出门，呼啦一下，那二三十只松鼠有的闪身下楼，有的飞身上树，有的窜到护栏另外一边，岿然不动的唯有小松。

随后它开始独自搬运花生，其他松鼠都静静地观望，既不远离也不靠近。原来它们不是来讨饭的，而是被小松忽悠着来看它是否吹牛的。小松肯定把它们都震住了，保不准回去被推举当山大王呢。

殊不知这一切都被三虎看在眼里，气在心头，松鼠们刚撤，它便爆发了。只见三虎蹦到冰箱上，一掌把我放在那儿的烤花生扇到地下，扑通跟上，扒开袋口，整个上身钻进去，叼出几只玩命扑打，然后咔嚓咬开，连挑带拣把仁吃掉，麻皮和红衣都吐了出来。然后它满脸凝重，看都不看我一眼，一步一扭地走开，留下满地的狼藉和目瞪口呆的我。

这个毛病就此落下，三虎变得越来越爱吃花生，与小松来没来已没关系了。当然三虎不生气的时候，是很有教养的，先轻盈地跳上冰箱，再斯文地拨开袋口，然后小心地咬住一颗，蹑手蹑脚带到下面细嚼慢咽。

后来小松又来过，但次数不多，或许是我早出晚归，它也扑过不少空吧。

春回大地时，小松又出现在窗外。它前胸金黄柔嫩，后背灰褐润滑，完全不像刚经历了寒冬，一看就过得不错。我兴奋地打开门，可没等我走出去，它就亟不可待地迎了上来，一下就蹦过了门槛。我心里有些打鼓，停住脚想撤，它却歪头看看我站了起来，直直向上伸展开丰腴的胳膊和细长的小手。

哦，想登堂入室，说明对我极度信任啊。我心花怒放，退后几步蹲了下去。它不客气地跟了进来，抓过我手中的花生，摆了一个舒适的姿势咬了下去，只听咔咔咔咔，那张快速蠕动的樱桃小口不断吐出碎壳。

之后小松再来我就开门迎接，它从来都无所顾忌，连吃带拿，几分钟走人。我跟朋友说起这事，他们都将信将疑，直到看我拍下照片，才承认我的魅力不小。

正可谓乐极生悲，在小松的一次寻常探访中，三虎鸦雀无声地出现了，向专心吃着的小松猛扑过去。小松惊骇之下拔腿就跑，反应之快令人错愕。但因房门已自动弹回，它只能在屋里兜圈，一路沿着沙发、椅背、书架、窗帘上下翻飞，轻功了得；而三虎力道十足，穷追不舍，好几次差点得手，险象环生。

由于事发突然，我愣在那里。我又忽视了三虎，除了因为它平时两耳不闻窗外事，还因为我是个马大哈，早忘记了三虎跟松鼠有过节。

只听噼里啪啦，稀里哗啦，有的东西摔到地下，有的东西飞到天上。它俩的嘶叫越来越凄厉，打斗逐步升级。尽管小松身手不凡，毕竟不在自己的地盘，三虎继续追下去，它凶多吉少。看到空中抖落的鼠毛，我回过神来，抓起一个沙发垫朝三虎扔去，可哪阻挡得住啊。

这时小松慌不择路，一头拐进了通向卫生间的死胡同。完了，我的心简直要蹦出了嗓子眼。天助鼠也，那段铺的是地砖，三虎转弯太猛没收住，斜着滑出去，一头撞到墙根有些懵。我趁机敞开房门，小松闪电般从三虎身边划过。待三虎爬起来，小松已骑上一棵树杈，挑衅似的玩了几个支撑摆动和悬垂，便消失在枝叶间。这场追杀，以小松虎口脱险而告终。

眼见煮熟的鸭子飞了，三虎悲愤交加，呜咽个不停。不知是否怪我胳膊肘往外拐，家里的杯碗成了它的出气筒，借满地碎瓷片玻璃碴表达它无声的抗议。此后，三虎对其他松鼠也态度大变，常蹲踞窗前，一见松鼠路过，就把尾巴抡得像根三节棍砰砰作响。反观松鼠们，一派老江湖风采，有的还会停下瞥它几眼，把三虎气个半死。

没想到动物的领地被冒犯后，后果这么严重，我觉得非常内疚，便设法安抚三虎。小松没受影响，照来不误，不过我都在确认三虎被关好后才去接待它，以免引发新的冲突。

我的右邻住着一位漂亮的非裔女郎，有个白人男友，有一次小松前脚刚走，他俩后脚便来告诉我，松鼠虽然可爱，但尖牙利爪，还会携带狂犬病毒，跟它打交道要注意安全。另外松鼠眼睛尽管视野宽广，但反而看不清面前的东西，而且它们生性警觉，吃饭也东张西望，并不专注盘中之餐，所以用手喂它会有危险。

闻听此言，我又吃惊又后怕。不过他俩又安慰我说除了受到威胁，松鼠不会主动攻击人类，因此也不必过分担心。他们承认从没见过这么胆大妄为的松鼠，还好奇三虎的态度，我回答说，恨不得把人家碎尸万段呗，两人都大笑说这就对了。还真是的，除了尾巴，小松的模样跟老鼠太像了，难怪三虎跟它过不去。

当我毕业搬离小镇时，真希望能给小松一个交代，可惜不现实，只能拜托朋友照看一下。他们见到过它在我旧日的窗前徘徊，但一有人靠近便逃之夭夭，也不碰给它的食物，后来便不知所踪了。

我始终不明白小松为何选择了我的窗口，但很庆幸与那个毛茸茸的小朋友结识。据查，野生灰树鼠的最长寿命为12年，那么它肯定也不在了。不过它和三虎一样，在我的相册里，在我的记忆中。

初到芝加哥的室友

那年我执意离开小镇，主要是因为无法抵御大城市的诱惑。还要感谢一位旧日舍友，在芝加哥工作的韩裔小伙迈克，在我对未来犹豫不决时，他笑着说："来吧，我帮你。"

搬家那天是我走过的最艰难的一段旅途，风雪弥漫，地冻天寒，几米之外不见人烟，200多英里的路开了12小时，都能跑到南达科他了。

在迈克家休整两天后，我开始着手租房。由于不熟悉地形，手头又紧张，悉心准备的选房名单不由分说就被迈克否决了。然后他画了一张街区图，让我只按那个找。

原来被他阻挠的，是南部暴力横行的地区。而他指定的地界，尽管价钱翻番，但发现一个合租的，也可以接受了。房子位于某大学附近，是一栋老式红砖建筑，年轻人多，离地铁站又近，我立刻就喜欢上了。

招租的是位叫萨拉的年轻女子，芝加哥本地人，两只绿眼睛，一头棕卷发，皮肤白得没有血色，讲话斯斯文文，看着挺踏实的。更让我开心的是她有猫，也欢迎我的猫三虎。但当我第一眼看到她口中的宝贝，被结结实实地吓了一跳。那是一只衰败无比的老狸猫，只有一只耳朵是好的，另一只仅剩小半截，两只眼睛明显不对称，一对虎牙二缺一，满身皮毛一丝光泽也没有，肚子的赘肉倒堆了一大团。

我强忍吃惊，故作喜欢状，口中说着哈喽，想去摸摸它的头。不料它猛嚎一声，撕心裂肺，我伸出半截的手立刻缩回去：天，哪儿弄的活宝，万圣节不用道具了。

听萨拉说是领养的，我脱口而出："怎么不领个漂亮的？"她看了我一眼，悠悠地回答："大家都想要漂亮的，可不漂亮的就没有权利生存吗？而且，在我眼中它既漂亮又迷人。"说着她搂紧老猫，啪啪地亲了几口，我的心脏随之一阵紧缩，同时生出对她由衷的敬仰。

比起紧凑的卧室，我更喜欢客厅：宽敞明亮，看得到大片的蓝天，还有漂亮的壁炉和雕花的窗棂。萨拉没意见，我便在客厅落脚了。

不久后工作刚一落实，我就把三虎接来了。可惜跟想象的不一样，二猫相互不感冒。老猫喜欢独自呆着，或坐或卧，而三虎精力旺盛，好奇顽皮，总把老猫惹得非常生气，惨叫不已。萨拉尽管眼中充满不舍，口中却说不能禁止三虎玩耍。好在老猫不爱动，空间大小无所谓，萨拉就把它关在卧室，免去了受三虎的骚扰。

我在市中心一家房地产公司上班，每天匆匆忙忙，萨拉为替低收入者申请廉租房的机构工作，同样早出晚归。到周末我们一起逛街消遣，几个月下来彼此相处很好。但与她的第一次冲突，是我始料未及的。

住在我们楼下的那家人比较喧闹，大功率的音响经常彻夜不休。我敲过地板也留过便条，但其依旧我行我素。一天半夜又被震醒，我忍无可忍准备报警，萨拉却劝我再给人一次机会。我只好下去敲门，里面传出一个轻浮的非裔男声，说很想见我，可惜裸着不太方便。我回答说没有关系，警察来了你就方便了。

返回楼上时，音乐虽然停止了，但我余怒未消，忍不住骂道："这个老黑真是个垃圾！"没料到这句话捅了马蜂窝，萨拉立即奔来质问我："就事论事，你为什么偏提黑色？"她很激动，苍白的脸上泛起了红晕："你也是有色人种，我也有过被歧视的经历，如果别人因为你的肤色而评价你，你会怎么想？！"

外面的问题解决了，内部又冒出一个来，当然根源在于我触犯了一个美国的敏感话题。萨拉明明是白人，却自称也被歧视，概因她是犹太人，泛指所受的民族苦难吧。另外她的工作对象都是黑人，所以她跟他们好像格外亲近。为避免无谓的争执，我向她妥协：“以后我不提这黑字，我的眼睛和头发都是紫的，你满意了吧？”萨拉无话可说，楼下再也没有夜半歌声。

一天，家里来了个年轻男子，长着与萨拉同样的绿眼睛、棕卷发。跟她拥抱完，男子热情地走过来自我介绍。他叫乔伊，是萨拉的哥哥，难怪那么像，只是阳光得多。不知兄妹俩嘀咕了什么，几句话不到，萨拉竟然摔门出去了。他有些尴尬，向我解释了一番。

原来几年前萨拉立志帮助穷人，大三时就退了学，拿最低工资去一家福利机构。家人希望她先完成学业，但她一意孤行，与母亲闹翻，被轰出家门。乔伊是在读硕士，说知道中国同学都很刻苦，希望每天与萨拉见面的我能给她些影响。

我答应试试。结果萨拉笑我怎么跟她家人一模一样，说我是她妈派来的间谍她都信。她坚称把时间浪费在读学位上不如干实事，自己对文凭不感兴趣，也不会被任何人所动摇。

乔伊对此结果并不意外，苦笑着说：“你我远隔千山万水，理念却很相近，而我和妹妹在一个屋檐下长大，倒越来越像陌生人。”他还透露，他们的父亲，一位成功的企业家，是被一名黑人员工报复枪杀的。明明凶手违纪在先，被解雇在后，但萨拉对其充满同情，认为是社会不公造成的。母亲为此更受伤害，他不得不在两人中间周旋。

闹了半天，萨拉是富家小姐玩高尚，我何德何能劝得了她呀，只是觉得她妈很可怜。我当时的工作尽管不错，但因不能确保绿卡，所以我处于骑驴找马的状态。乔伊常来监视妹妹，在我准备简历和面试上也帮了不少忙，作为答谢我就请他们兄妹一起吃饭。萨拉是个素食主义者，对我的烹饪不闻不问，乔伊却来者不拒什么都喜欢。不过乔伊和萨拉也有相似的地方，就是对老猫非常之好，眼神爱怜，温情脉脉，那种心境我无论如何也体会不了，只觉得这兄妹俩都好怪。

老猫病很多，每天要吃药，有一回萨拉外出，喂药的任务就落到我头上。第一次去她的房间，我目瞪口呆。屋里没有床架，只有一张赤裸的床垫斜卧在一角，一把摇摇欲坠的木椅上立着一台老式电脑，地上无数的杂物堆积如山。令人震惊的是猫砂盆也在床边，臭气熏天，我唯一能想到的好处就是方便憋气，对游泳有益。

一个妙龄女子能把屋子住成这样，我问乔伊是否给萨拉做过心理评估，他不置可否，我想他是知情的。我担心滋生细菌，建议萨拉清扫一下，她红着脸答应了，但时间一长又恢复了原样。我第二次去她房间时，脚底踩上一抹烂菠菜，呲溜摔了个大劈叉。无语之余我咔嚓了一张，算作到此一游，立此存照。

某天我下班进门，发现一位面容端庄、身材高挑、一袭黑衣、气场强大的中年妇女与萨拉僵立着，屋内弥漫着紧张的气氛。她走后没等我开腔，萨拉抢先说道："你问什么都行。""她，是你妈？""对，但她的基因不是留给她看不上的孩子的，所以我不像她也合理。"

内容太丰富了，不过我还是跟她说，你有机会跟你妈吵架，我觉得都是种幸福。我万里迢迢跑到这里，来追求你恰好不屑的生活，嗨，不觉得有意思吗？

乔伊出现得越来越频繁，还邀请我去他家吃饭，算做礼尚往来。他家在西北大学边上，一座像古堡一样的豪宅，华丽典雅的装潢布置令人眼花缭乱，后花园泳池边还踱着两条目光炯炯、体型庞大的名犬。我不禁暗自感慨，萨拉实在太有个性。后来迈克闻听，有点诡异地笑了："这不是挺好嘛，给你我这样普通人家的孩子腾地方。"

大城市虽有迷人之处，也尽显其贪婪。到芝加哥的次日，我就被来了个下马威，车窗上赫然多了张罚款单，罪名是挡风玻璃有裂缝。找了半天才发现一条小细痕，这警察真够火眼金睛的。其次是搬进公寓没几天，停在路边的车被拖走了，向前走过两个路口才看到一个小标牌“早6至9点间禁止停车”，纯属故意下绊。

我不得不交出二百美元，把车赎了回来，但撕碎了那张罚单，以表达一个小人物的愤怒。跟她“反社会”的倾向一脉相承，萨拉在此时给予了我无限的支持，那种心理安慰是我特别需要的，所以我很感谢她。

我原本打算一直住那儿的，但发生的一些事情使我改变了主意。萨拉结交了一堆很嬉皮的男性朋友，有的长发过肩，有的文身遍布，不是在小店卖货，就是在酒吧跑堂。他们表面彬彬有礼，但显然活在另一个套路里，乔伊对他们也是当面微笑，背后皱眉。

我办了一件“错事”，就是同意萨拉让其中一位在那间空闲的卧室借住。没承想，说好的暂住变成了常住，我和他们之间的争执也逐渐升级，不得不搬离。萨拉人不坏，但底线模糊，我知道自己必须脚底抹油了。迈克又为我新划定了热门的林肯公园。不远处就是个漂亮的港口，春花烂漫，碧波荡漾，私家游艇穿梭往返，跑步骑车的人络绎不绝，交通和生活更加方便。

萨拉对我的决定非常吃惊，但还是表示理解，其实我很怀疑她是否真的理解。此后，我没再跟萨拉有过任何联系，但很好奇她是否还在坚持自己的理想。而这座当年陌生的城市，已俨然成了继老家和北京后，我的第三故乡。

人在江湖：前老板大卫的几个小故事

虽然离开那家只工作了三年多的公司已经十几年了，但因为老板大卫帮过我一个大忙，近来我越来越希望能联系上他，以找机会表示一下感谢。终于，原同事玛格丽特帮我实现了这个愿望，但得到的却是个很意外的消息。想象中愉快地按通电话，先让他猜猜我是谁，然后再发去几张全家福的情景，没有立刻发生。

大卫出事了。我需要想一想话该怎么说。

跨入新世纪的那年金秋，我得到某国际酒店集团的工作机会，但整件事情纯属偶然。当时，我因不习惯原公司的企业文化而去意渐浓，经常上《芝加哥论坛报》浏览招聘广告。豆腐块大小的地方，密密麻麻都是招聘信息。一次我看串了行，给一个压根儿没想申请的号码发了简历过去。出人意料的是，几天后我接到了电话约谈，与未来的顶头上司阿斯塔进行了一番交流。尽管并不具备所要求的行业经验，我还是收到了她的面试邀请。也许是服务行业的原因，同事们都非常和善优雅，直言对我的背景无可挑剔。而对于我，最重要的是，公司愿意为我申请绿卡。

面试进入到最后环节，阿斯塔带我去见她口中的大卫，部门的北美大区老板。与惯常办公室的布局不同，他居然背冲着门坐，宽大的皮椅上露出半截肩膀、挺括耀眼的白衬衫，以及一头与年龄极不相称的孩子似的浅色金发。他闻声转过椅子，欠起高大的身躯，用同样宝贝蓝的眼睛打量了我几秒，漫不经心地伸出手来握了握。

大卫并无兴趣多说些什么，毫无遮拦地告诉阿斯塔“你决定吧”。由于公司结构设置的原因，CFO位缺，大卫名义上为Controller，实则集二职于一身。尽管我应聘的只是个芝麻粒大小的Senior，他还是太傲慢了点。我犹豫了三天才接受，就是对这位大头没有好印象，担心他难伺候。因为一旦递上绿卡，等于卖给那里，我有期待，也有不安。上任伊始，我发现自己有选择办公室的自由，一间在大卫隔壁，一间在下层商务中心，毫不犹豫就去了后者，想尽量避免跟他抬头不见低头见。

说到正事，我面临的是个烂摊子。酒店总部在瑞士，美洲分部刚从纽约迁来，马上还将与新加坡合并，因为使用不同的会计制度，系统之间尚未联网，金融财务方面的工作堆积如山。我的桌上摆了三台电脑，一台连纽约，一台连芝加哥，一台连苏黎世，脚边还有一台连新加坡，电缆线纵横交错，就好像《小灵通漫游未来》里描述的场景。难怪大家对我都那么友好，是为有人来分担而高兴吧。我每天从公寓门口乘车直抵市中心，扎入楼群后经由地下通道即达办公室，早晨便开始惦记一天的活计，晚上仍想着还没完成的任务，星星和月亮即使挂满天空也没时间抬一下眼帘，太阳就更难得一见了。

阿斯塔是位出生于非洲、在美国南方长大的中年女子，上等黑宝石般美艳。她本人是基督徒，却嫁了个穆斯林大学同学，男方为回中东接受家产，不辞而别。大卫与她因工作关系相识多年，邀她离开旧地重新开始。但芝加哥的冬天让她措手不及，加之工作压力，造成她比较情绪化，在她手下干活一度艰难。

有一次她把东西算错了，影响到一份综合报表的结果，可她却要求修改我做的那部分。我小心地提出异议，她非但不听还指责我不懂合作，最终我忍无可忍跟她吵了起来，扬长而去。事后我难免惴惴，不料她却先向我道了歉，说是大卫提醒了她：“那中国丫头敢跟你吵，一定有200%的把握。”大卫在意的只是我们源源不断提供给他所需要的数字。

酒店近水楼台，忙碌之余，吃吃喝喝成为我们犒劳自己的最好方式。记得第一次是入职不久，在一家很知名的西餐厅，大卫绅士地为我倒上一杯酒，以弥补前日欢迎午餐的简陋。喝酒是我的死穴，从来碰到酒局我就头大，加上他一本正经的神色，更让人紧张。他误会了，吩咐服务生：“请换一种她喜欢的。”幸亏有其他酒鬼同事，眼疾手快接下来，容我以果汁滥竽充数。

第二年初夏，我的绿卡申请如约递交。尽管仍然忙乱，但心里一块石头终究落了地。可惜好景不长，很快发生了一件震惊世界的大事。

9月11日早晨，我像平常一样来到公司。大卫的秘书，年逾五旬的罗娜，情绪激动地冲过来，高声惊呼纽约世贸大厦被恐怖袭击了……我办公室几米远的外墙上就挂有一台当时还不多见的薄型大屏彩电，脚踏质地柔软、色彩斑斓的地毯，耳边回荡着沁人心脾的音乐，目光所及之处满是橘色的灯光，千里之外的惨剧让我毫无概念。

正当我茫然地看着浓烟滚滚的画面，后来被反复播放了逾千万遍的一幕出现了：视野中又钻出一驾飞机，笔直地飞向双子塔，橘红的火球和乌黑的蘑菇云一瞬间腾空而起，刚刚还亭亭玉立的南楼就像一个破火柴盒一样被撕扯开了……晃动的镜头、惊呼的记者，和身边彻底歇斯底里的罗娜，看得我目瞪口呆。

我这才了解到，罗娜外表看似白人，其实生于伊朗，儿时与家人逃到伊拉克，最后以难民身份落脚美国。她熟知战火与杀戮，对故土感情复杂，很敏感此次事故是何人所为，难怪痛彻心扉。表面看每个人都好好的，原来都挺苦大仇深。大卫听着罗娜的哭诉，脸上没有了那种捉摸不定的神色，为她端来一杯冰水，待她稍显平静后，示意一男同事叫来出租车，送她回家了。

那天之后的世界便不同了。首先美国的旅游业陷入瘫痪，辐射到欧洲、中东，公司的营业一落千丈。祸不单行，接下来亚洲爆发了SARS，香港、新加坡、韩日、中国无一幸免……集团旗下的生意全线告急，但维护那些庞大的不动产，却是一分钱也没少花。

我自己的情形也急转直下。一天下班前，阿斯塔进来关上门，告诉我说由于公司收入滑坡，员工绿卡申请全部被无限期冻结，换句话就是不能办了。这之于我简直是个晴天霹雳，与亲睹航班175引爆世贸大厦同样惊骇，我一筹莫展，惶惶不可终日。更糟糕的是几天后，人事部经理维姬不是打电话，而是派人来叫我去一下。我猜铁定要被裁了，立刻想好晚上必须去女友小刘家吃饭。她随丈夫来美国，没下飞机就有绿卡，我都快流落街头了，不蹭她蹭谁呢。

维姬面露难色，挤牙膏般跟我解释，绿卡停办，本质就是钱的问题。除此之外凡她能做到的，一定尽力协助。我一下就听明白了，转忧为喜，马不停蹄地联系到一位华人律师。他收费合理，并安慰我不要上火，可谓峰回路转。我又恢复哼着歌的快乐模样了。让我意想不到的是，很久以后一个偶然的机会，才听罗娜说起，大卫得知我的麻烦后，亲自打电话给人事部门协商。不知对方说了什么，惹得他大发雷霆，抛出一句“我不管，反正你得给那个中国丫头搞定绿卡”，然后摔了电话。大卫背后总叫我“the Chinese chick”，其实我早过了小丫头片子的年龄，只是亚裔普遍显得年轻他们猜不出来吧。

原来如此，难怪人事部经理接待我时那么不自然。虽然我工作很勤奋，但也并非不可取代，居然是一直敬而远之的大卫为我争来宝贵的机会，否则我不知还要走多少弯路。当大卫得知我自己付费后，依然不满，认为只在员工身上省钱并不公平。后来阿斯塔告诉他私人律师办得更快，他才哼了一哼。

大卫除了身为账房总管，也是酒店管理和并购方面的专家，随着经济形式的好转，他跟公司的摩擦也逐渐明显。比如他反对大规模地兼并扩张，力主对工会态度更加强硬。在他看来，某些有着浓郁欧亚背景的高层，对美国社会的理解存在偏差，故常使下面的工作举步维艰。

不久，当一个可能裁员的消息传来时，尽管依依不舍，我仍去另寻了他路。新的公司属于高科技类，完全是另外一种氛围了。后来听说大卫也另谋高就，搬回老家的一座大城市去了。

但我与酒店的几位前同事一直保持着联络，市场部的玛格丽特就是其一。让我惊讶的是，提到大卫，大家对他的评价都非常之高，认为我碰见这样的老板运气很好。与我同批申请绿卡的人中，不是被迫离境，就是费力地调换工作，留下的也历经曲折才安顿下来。

然而，这次玛格丽特带给我的最新消息是，大卫去年被以渎职罪被起诉了。

原因是，大卫担任财务总监的某豪华酒店的资深运营者兼开发商，授意他挪用四十八万美金公款，支付自己的房产税。之前总经理因提出反对已被解雇，迫于对方位高权重，大卫违心地划出了这笔钱。东窗事发后，他虽因配合检方作证得到缓刑，但会计师资格被取消，若干年内不能从事相关工作，对于他的年龄，几乎就是永远了。

记得多年前我在那所普通的州立大学读书时，一次教税法的老先生因某话题有感而发，讲过大致这样一段话：你们以后当会计，总要与金钱和上司打交道，会看到不想看到的事情，陷入怎么做都是错的境地。所以大家一要用好判断力，二要自求多福。

回想起来，这就叫人在江湖，身不由己吧。大卫知法犯法，已经付出了高昂的代价，我就不予评说了。对于帮助过我的事，估计他早已忘记，但补上当年从未对他当面说出的谢谢，是我唯一需要去关心的。

幽默的美国老头

我家住在小镇南部，如果想去北部，中间必须穿过一条火车道。它是东起芝加哥市中心、西达远郊区县的客货混用线，除了通勤客车，有时会有一望无际的货车缓慢经过，一旦被截在一边，不论你多么焦急也只能没脾气。

有一天我赶往城北去办事，就不幸地遇到了。前面已经排了一个街区的汽车，而拦路的货车咯噔咯噔踱着方步，完全没有结束的迹象。我要晚了，扭来拧去怎么都不舒服，只好无奈地降下车窗透透风，又没好气地朝外面扫几眼。

路边有一栋红砖楼房，古色古香，门前有个小庭院，围着低低的白色栅栏，鲜花环绕间摆放一些镂花的金属桌椅，总有长者坐在里面看风景。这是一家老人院，在热闹的小镇上可谓风水宝地。尽管平时我没少路过，但每次都是行色匆匆，从来没留意过。

这时，奇迹出现了。院中坐着的一位老头，特别特别老的老头，向我露出了迷人的微笑，有点善意，有点调皮，又有点幸灾乐祸。厉害的是只有眼神而已，没有任何多余的动作。不知为什么，看到他对我露出的笑，我焦躁的心绪顿时烟消云散了。

火车终于过去了，拥堵的车流开始向前移动，再见了，我回老者一个笑脸。老头依旧纹丝不动，脸上却像电影的特写镜头一样，流露出“你走了我可怎么办”的神情，可怜巴巴特别有趣。

这老头这么会找乐，玩儿得如此精湛，其实就是美国人常见的一种幽默。一般说来，一位百八十岁的老者应该以什么形象示人？庄重慈祥？正襟危坐？但这不太适合美国老头。许多老美天性活泼，机智风趣，自信十足，心情大好。他们也从小就知道每个人都会死，凡人都有恶，理性讲逻辑，喜欢自嘲和调侃。只要不傻不笨，什么岁数大小，享受快乐最重要。

曾经有一段时间为摆脱旱鸭子的形象，幻想着能像蝴蝶一样在浪花间飞舞，我参加了某社区大学的游泳课。那游泳池可不是健身房里哄人玩的洗澡盆，而是按照专业标准维护的，水温极低，人跳进去就像掉进冰窟窿一样，我每次进去之前都要做一番垂死挣扎。

有一回我又去了，但半天狠不下心冻死自己，抱着膀子在水池边左看右看，哆里哆嗦举棋不定。这时一个老头儿游完爬上来，一指身后的泳道说："我推荐用这条，我刚游过，水都捂热乎了。"走了几步他发现我还在上面磨叽，又接上一句："你要再不下去水又凉了！"可想而知，我还能有什么选择。

还曾经去朋友所在的滑雪俱乐部凑热闹，认识了一位M老先生。他是位资深滑雪爱好者，因为哮喘无法再风驰电掣，于是以义务教人学滑雪为乐。我跟了他整整两个冬季，对滑雪彻底狂热起来，第三年秋天还不到就天天盼下雪。我当时经常超负荷工作，周末也不得歇。我不想一再错过俱乐部的出行，一天便以看牙为由跑掉了。

那次我进步很大，M先生也难得的笑逐颜开，要知道他平时目光犀利，不论我摔成什么样都无动于衷，冷冷地盯着还嫌我起来得慢，我常常气得暗骂他死老头子。兴奋之余，我向他坦白自己是撒了谎才来的，很担心回去怎么办。他一听立即转入严肃状态："你没撒谎啊，你就是来看牙医了，而且还要连看三天呢！"

说什么呢这老头，喝多了吧！哎等等，什么意思？难道M先生是牙医？我怎么从没听说过？老头回答说，你也从没问过啊，没关系你一点错也没有，就是看牙医了。原来老先生不但有牙科诊所，而且还不止一家，自己每周上班两天。经他一说，我放心地度过了一个长周末，回公司也理直气壮极了。

女儿出生后，我们买了一栋老房子，需要修补的地方很多，光厨房就花了六万多美元。我妈来了，拼命摇头说不值，因为在老家都够买一套一百平米的房子了。孩子爷爷当时也在，虽然听不懂我妈在说什么，但看出来她对什么不满意，就关切地询问怎么了。给他翻译后，他认真点着头说，一百平米的厨房的确好，就是做饭有点远啊。我妈听罢乐不可支，尽管还存有几丝小心疼，但也不觉得亏了。

2013年有一次我病了，高烧十几天不退，癌症、艾滋、疑难杂症都考虑了，最后医生决定给我的身体做一通大检查，什么都招呼一遍。技师是个胖老头，给我喝完一大罐液体后，叮嘱我不能动，否则会影响成像效果。我情绪很低落，问要上厕所怎么办，他说亲爱的不用担心，我宁可弄湿尿不湿，也绝不会让你尿到裤子里。然后他又不停地讲东讲西，我忘了他都说了什么，只记得笑得我都喘不上气，再想作也作不动了。

前些天，我陪一个从欧洲来的女友去购物，她觉得美国什么都便宜，划拉了一大堆。付账时就没我什么事了，店里的空凋太冷，我就先出去一步，慢慢地朝车位溜达。很快后面传来窸窸窣窣的脚步声，因为店里没什么人，我想当然地以为是女友赶上来了，便驻足回望。结果不是她，而是不知从哪冒出的小老头，豁牙，白发，矮个，一瘸一拐，满脸沧桑。我怔住的瞬间，他语气凝重、充满歉意地说："亲爱的，我，不是你要等的那个人。"

我忍俊不禁。这时女友向这边走来，奇怪我笑什么。我跟她讲述了与老头的相遇，她也笑个不停，大包小包掩盖不住长发飘飘、裙裾飞扬的风彩。老头费力地坐进旁边的一辆皮卡，挤了几下眼睛，车一溜烟儿地跑了。

上周开学前，由于女儿林林厌烦了她卧室里那几件家具的颜色，我决定为她漆个不同的，于是趁天气好大卸八块，让她把家具搬到院子里。但她不太负责任，稀稀拉拉扔了一草坪，这时邻家老爷爷出来了问："哦女士，你是不是被赶出家门了？"

林林的脸一下红起来，不好意思地笑了，赶紧跑去规整。她小时候无理取闹、抱怨这抱怨那时，我曾警告过她：你要觉得家里不好，爱去哪去哪，等我轰你走会很难看。交代她搬家具时，也反复跟她强调不能那么胡乱摆放，但都被她当成耳旁风，而老爷爷一句话，问题就解决了。

本周是新学年的开始，按照惯例，林林学校又举办了年度的课程之夜，即家长轮流去不同的教室与任课老师见面，并听取教学计划等信息。女儿所在的八年级数学由一位活泼开朗祖母级的女老师来教，她的报告做到半截时，一对七年级的家长这才发现自己走错了屋，急忙起身道歉离开，老师挥挥手说："没关系，明年再见！"惹得人们哄堂大笑。说明不但是老头，老太同样也很会搞笑。

类似的事例太多了，可以一直写下去。人这种动物很有意思，相互沟通有很多方式，灵活轻松、风趣幽默的确是其中最妙的选择，也是一种好玩的思维游戏。还记得老人院那个老头的微笑和眼神，就像有某种神奇的功效，让我想起来都觉得平和温暖，岁月静好。

老魏的红玫瑰和白玫瑰

老魏长得不好看。这样说一个人，听起来不厚道，况且他不但与我没有过节，还是我的酒肉朋友。不过他有才又自信，也沉醉过桃花源，别人怎么说都打击不了他，还能笑不滋地用狗嘴里吐不出象牙来释然。

他和红白二玫的事，比电影还精彩。两朵花不是前后任的关系，而是隐形的情敌，尽管一个黯然神伤，一个追悔莫及，双方并没有任何纠葛。

老魏生于1965年，属蛇，是地道的北方人，在医学院苦读八年后，成为北京一所医院的大夫。干临床不久就考了托福一拍屁股走人了。在美国拿到博士学位后，他做过博士后研究，也通过了医生资格考试，盖因不愿受住院医生那份苦刑，于是自学起方兴未艾的计算机，在一个与医疗有关的行业做起了IT。

老魏的同学不是当医生就是搞学术，要不就进了生意场，他却拐进一条很多人不屑的路，然后将大把的时间和银子花在酷爱的户外运动上。不但在事业上他不按常理出牌，在爱情和婚姻上他也独具风格。

他皮肤不白，个子不高，肩宽腿短，缺点刀刀见血。但他上知天文下知地理，上得厅堂入得厨房，还带点坏人的邪气，自然不乏魅力。

他在国内的桃花运就不提了，单说在美国。交了几个女友后，他跟一个比他小很多的南方女孩同居六年，但不想结婚。这可是20世纪90年代，留学生中这么潇洒的实在凤毛麟角。小女友是药剂师，苗条秀气，谈吐不俗，从小二十到奔三的年纪，全搭在老魏身上，特像鲜花插到了牛粪上。

女友只好走了，嫁给了一个白人同事，老魏应邀去参加婚礼，并送上一个大礼包。为了不显得突兀，他叫了个女性朋友陪同，朋友回来描述新郎身高六尺，健美匀称，笑容灿烂，彬彬有礼，新娘在他身边满脸幸福，真是一对璧人。

可老魏很不服气。他不认为那男的帅，理由为对方是波兰裔，全然不知自己这个小中国佬并不比人家好到哪里。后来前女友夫妇还大方地去老魏家与我们一起过春节，男的果然360度无死角。不过老魏仍辩解说，人的内部结构其实都一样，终于惹恼了我们几个女的，骂他道女人找丈夫可不是拿来解剖用的。

老魏蔫了一段，直到摘到了一朵白玫瑰，我姑且叫她“小白”。

小白是老魏在中国城做理疗时认识的按摩女。他因喜欢运动，身体经常出现各种损伤，某天他路过一家理疗店，决定进去放松一下。有个女的上来接待，老魏一眼就认定她有真材实料，因为这种地方的人多半只是花拳绣脚，基本属于骗钱的，他实在因为腰酸腿疼，只图有粉拳给捶巴几下。而这位长得特别瓷实，脸盘大，腰肢壮，神情平和，没有一丝讨好的神色，敢在这混一定有本事。

女的一上手，证实了老魏的判断，穴位准力道足，把他弄得很舒适。有时被触到痛处，他龇牙咧嘴刚表示不满，她立刻眼睛一瞪：你干嘛来了你不知道！乖乖，老魏当然知道她是对的，一向得意忘形的家伙，初次见面便成了她的手下败将。

一段时间老魏成了她的常客，不过她说按摩的作用有限，浪费钱事小，病耽搁了事大，有的问题得去找医生。老魏听了心里热乎乎的，人被拒了但心靠得更近了。

之后的事怎么发展的外人不清楚，反正渐渐地这朵白玫瑰就登场了。她是中医学院毕业生，在国内一个小城市当医生，因丈夫出轨而离婚，公派到美国参观时没回去，想打工攒够一笔钱，给年幼的儿子一个好的未来。她和老魏在一起很开心，老魏对她也出奇的温和，两人非常默契。种种迹象表明，他们是认真的，结婚是早晚的事。

因为我在城中心上班，离政府大楼很近，老魏曾求我帮小白的忙，处理一些针灸培训和资格考试的事宜。她没有身份怎么突然有了社安号，难道跟老魏结婚了？我很八婆地去问他，他笑而不语，我想看来该给他们准备礼物了。

果然，传来了老魏的婚讯，但是，新娘不是小白，而是小红。天，老魏虽然狡黠，但没听说他会魔术，从哪儿变出个小红来？

谜团很快就有了答案。有人给他介绍了一个原舞蹈演员红玫瑰，她因伤退出舞台后，去到老魏原来的医院干行政。她本来跟一个眼科医生都谈婚论嫁了，看到有小姐妹嫁到美国，心里很羡慕。可惜男友对出国不感兴趣，加上其他摩擦，两人就和平分手了。

老魏迟迟不娶小白，是因为心中过不了她不够漂亮这个坎。好奇怪，这会儿他怎么不提人的结构都一样了呢。总之他抱着试试看的态度飞回北京，立刻对小红一见钟情。尽管对老魏的长相比较犹豫，但见他举止得体妙语连珠，小红学习不行，从小就佩服有学问的人，加之回美后老魏殷勤的电话攻势，她一咬牙就嫁了。

然后是一段时间的等待，小红等绿卡。在这个过程中，老魏依然跟小白相好。我是在他的生日聚会上得知真相的，当时就后悔怎么没把给他买的蛋糕喂了狗。本来老魏住在城里，上班也近，却突然在远郊买了一栋房子，出门就是玉米地，我们去为他庆祝乔迁之喜，不料他家附近大周末的也活不见人死不见尸，一片寂静，闭门修行倒是非常好。

小红来了，精致的鹅蛋脸，溜溜的大眼睛，身材曼妙，快言快语，果然漂亮。老魏可能做梦也没想到，自己的克星横空出世了。

毕竟认识小白的时间长，对为嫁而嫁多少也有些看法，因此我对小红比较敬而远之。不过时间证明她很明事理，并不拜金，我便开始同情她了，因为老魏既不教她开车，也不带她出门，等于变相限制了她的自由。她每天把家里收拾得像无菌室，墙皮和地板漆都擦掉好几层，连后院长几根草、树上结几个果、对面田里有几多玉米须，她都数得清清楚楚。我才回过味来，老魏为什么把家搬到那么偏僻的地方去。

后来两人间开始狼烟四起，战火纷飞，甚至抡起菜刀来。老魏让小红滚回中国，她说滚可以，但会去报告移民局，说自己付钱了是假结婚，不把他也弄回去她的王姓倒着写。

老魏不得不承认，以前所有的女朋友，每个都比这个温柔百倍，自己上辈子干什么坏事了现在遭报应。其实，他这辈子的一肚子坏水都够喝一壶了，哪用得着谈上辈子。在美国离婚很麻烦，被扯上移民局更不得了，请神容易送神难，想杀人还没胆，老魏终于认栽了。

很快小红就发现老魏和小白哪里不对劲，俩人含情脉脉的不像普通朋友，倒怎么看怎么有夫妻相。我矢口否认知道任何事情，而且我确实是不知道多少，也不想知道。

小红的确准备拿到绿卡就走人的，后来发现自己特别喜欢孩子，也想合法生一个，以后离不离无所谓。她希望有个女儿，继承爹的大脑娘的身材，又担心长反了，犹豫一段还是赌了。如她所愿果然得到了女孩，我第一眼看到差点没晕倒，忍住狂笑向老魏道喜，夸赞宝宝活脱脱一小老魏。他幽幽地说你够损的，一骂骂俩。

两个人都很爱女儿，也就鸡飞狗跳地过着。老魏被人看见半夜12点在健身房游泳，他的解释是加班进行“挨踢”维护了，但我更愿相信是挨了小红的踢。

其间老魏把家搬到好学区，自己动手铺地板换水管装修改建，下班既做饭还带女儿玩，整个一个真假难辨的新好男人了。女孩长大了，特别聪明，也越来越像妈妈，笔直的双腿，轻盈的步伐，从老魏那儿继承来的贼溜溜的小眼睛放到她嫩嫩的小脸蛋上别有一番韵味，绝对是个小美人。小红吊着多年的心终于放下了。

去年老魏的公司改组，迁到了外州，作为元老他不想再跳槽，不得不跟着搬走了。

故事没完，对于小白小红这对情敌，老魏是这样安排的：

他跟小白说其实他已经结婚了，只是太太小红留在国内。他真心爱她，情不自禁，明明两人更合适，可惜此生有缘无分。小白乍听震惊至极，幽怨之余，毕竟自己无意中介入别人家庭不地道，也不好多怪他。

他跟小红说小白喜欢他，可他没那意思，不然怎么会娶她当太太。只是小白境遇不好，作为哥们儿有时他帮帮忙，不要把人往歪处想。小红觉得他算是个有情有义的男人，况且自己有抢了人家头衔的嫌疑，就睁一眼闭一眼了。

两朵玫瑰都是心眼还不错的女人，老魏这个大骗子。

老魏公司附近有个酒吧，他在那认识了个单身的白人酒鬼。酒鬼只是爱喝几口，并不暴力，老魏通过一个办法，让他和小白结婚了。说好几年后散伙，可不到两年酒鬼就去世了。他患有严重的肝病，以前就被医院下过病危，因此肯定不是小白害的。酒鬼是个退伍兵，有不错的退休金，作为未亡人，小白倒一下衣食无忧了。难怪她有了社安号，难怪老魏没法回头。

老魏和小白在一起是非常快乐的，但他摆脱不了美好形象的诱惑，小白只是他的里子，他还需要小红做面子。拥有可以带到人前展示的美女，赔上再大的幸福他也在所不惜。

说中国男人在择偶上第一看重的是漂亮，应该不算太错。不是说西方男人就不看重，其实大家看人的标准都差不多，西方男人年少时同样喜欢靓丽的美女，只是当成熟了，尤其受到良好的教育后，往往便会超越单一追求外貌的做法，更加注重双方内心的和谐和思想的交融了。

小白和小红，各自从老魏处，得到了很多凭一己之力无法得到的东西，真情除外。可见所谓这个情那个情，多是奢侈品，毕竟芸芸众生，还得靠耐用品活着。

一段一见钟情的经历

9月2日，星期一，是美国的劳动节，上学的不用上学，上班的不用上班，都在家歇着，挺惬意的一天。

傍晚，我漫无目的地点开了一家动物收养所的网站，浏览了几眼上面的照片。电光火石般，我立刻被一只憨态可掬的狗狗击中了。自从半年前领回了胖猫土豆，我开始构想着再养只狗的可能性。它不能太小，因为我的猫很壮；也不能太大，因为我不想把我遛它变成它遛我。所以体重三四十磅的狗狗是我心目中的理想型。

几乎是出于本能般，我喜欢哈士奇、秋田犬、柴犬之类的狗。在我看来它们中规中矩，狗模狗样，就是我的菜。特别是柴犬，美丽的狐狸脸、挺拔的小身板、舍我其谁的精气神，总是让我欲罢不能。不过在宠物市场上，这种狗的幼犬价格不菲，但自从见有朋友从猫到狗甚至连人都领养回去，热热闹闹变成一家亲，我的心境慢慢也变了，不再太在乎外表的东西。既然有许多动物需要家庭，何必还去资助那些商人呢？加之眼见美国人对宠物训练有素，我自愧不如，潜意识里便萌生了领养一只已经懂事的成犬的想法。

但是想归想，我并未下定决心，断断续续地看，只是为了了解信息，也没当真。但是当这张狗的脸蛋突然出现在眼前，一种似曾相识的欣喜排山倒海扑面而来。如果说上次领回土豆是一见如故，那么这次就是真正的一见倾心了。

但这位名为特丽克西的女郎并非原来我想象中的任何一款，因为它不是纯种的，在人，叫混血，在狗，称杂交。不过它圆乎乎的脸蛋，乌溜溜的眼珠，蓬松俏丽、黄白相间的毛色，还有天真无邪的微笑，借用一句大明星周迅对前男友李亚鹏的评价，“满足了我对狗儿（原词：男人）的一切幻想”，恨不能立刻拥其入怀。

可惜天色已晚，收养所即将关门，第二天恰逢其公休日，算起来要等到星期三。我悻悻地盯着屏幕，压抑着强烈的占有欲，提醒自己保持冷静，不要心血来潮。不料我到对特丽克西痴迷到无法入眠，半夜溜出卧室跑到厨房上网，把它的照片看了一遍又一遍，最后以发布群邮、广而告之收场：“亲爱的各位，48小时之内它就是我家狗女。”从此顿悟，网恋正常，单相思正常，一见钟情正常，一见钟情的单相思式网恋也绝对正常。

熬过两宿，第三天我提前赶到收养所，开门后第一个跑进去，直奔狗舍。在隔间前一个个找过去，我终于发现了特丽克西，耳边似乎同时响起了《我的太阳》辉煌的序曲。见有人来了，它汪汪地叫了几声，焦躁而警觉，在铁栏杆后面显得那么委屈。我明知违规，仍忍不住蹲下去，把左手伸给它，万一被咬，也比右手强。它用鼻子闻了闻，又侧头蹭了蹭，然后伸出舌头，呱唧呱唧舔了起来。我血压飙升，内心一个声音更加清晰，就像《中国好声音》的导师阿妹一样："我要，我要，我就是要你！"闪领了！

腻歪半天，我终于欢快地站起身来，要去办理领养手续了。之前我的注意力全都集中在狗身上，冷不丁才发现上方还有一张醒目的通告。不看不要紧，这一看，如当头一棒，把我从云端打入地狱：特丽克西要和它的姐姐塔拉一起领养，不能分开。

什么？它姐？哦，想起来了，网上的确还有一只狗的照片，紧贴在特丽克西边上，因为耷拉着耳朵，神情呆板，我对它没什么感觉。它也和特丽克西关在同一个小间，刚才一直躲在后面，冷冷地看着我和特丽克西亲昵，毫无反应。原来是它姐。养一只狗我都有头脑发热之嫌，两只，从来没想过，我懵了。

前台的工作人员向我解释，特丽克西和塔拉一起长大，最近刚成了孤儿。主人去世前留下遗言，二者不可分开。一般他们总会设法满足领养者的要求，但这是死者的愿望，无论如何不能违背。

完了，我清楚两个都领养不太现实，放弃特丽克西又极其不舍，就在狗笼前徘徊，心中万分纠结。这时，恰好到了遛狗的时间，有志愿者带它们去户外活动，我也一起跟了出去。收养所周围是一片绿茵茵的草坡，开满了艳丽的鲜花，特丽克西一会儿神采飞扬地独自狂奔，一会儿仪态万方地凑上来撒娇，更让我爱不释手，志愿者也直问“那你还等什么呀”。

无奈之下，我试着接纳塔拉，希望能跟它擦出哪怕一丁点火花，事情也许还会有一丝转机。可与特丽克西形成鲜明对比，不论怎样，塔拉始终目光阴郁地伏卧地面，对我的示好无动于衷，对志愿者的指令也不理不睬，最后只好被提前送回室内。

与我前后脚到来的一对祖孙是来选一只德国黑背的，也被特丽克西和塔拉吸引住了。老太太劝我说，塔拉只是性格内向，惊恐悲伤，以后熟了，我会喜欢上它。我只好交底，家中已有俩娃、俩猫，如陡增俩狗，怕照顾不来，当然它的状态也没给它加分。听我如此言说，老太太便与孙女嘀咕起来。不一会儿，领养咨询员小伙走过来告诉我祖孙俩决定要领特丽克西和塔拉了，建议我看看其他的狗吧。

我本来已经非常难过，坏消息又来得如此迅猛，感到难言的妒忌，忍不住冲他发起飙来：“网上提供的信息为什么偏偏漏掉这么重要的一条？早知如此，我会有充足的时间考虑，或者双取，或者双舍，现在害得我投入那么多感情，却被横刀夺爱。看看其他的狗，你说得容易，那是说看就能看上的吗？！”

小伙子白皙的脸庞顿时变得通红，嗫嚅道这条的确应该写在档案中，是他们工作失误，给我造成不良影响，他深表歉意，并保证类似事件不再发生。一般喜欢跟动物打交道的人都很有爱心，小伙儿显然脾气不错，一边轻言慢语，蓝蓝的眼睛中还掠过几丝做错事般的生怯。我也不好再说什么，说再多也无济于事。不过希望他明白，中年妇女看起来很彪悍是有道理的——生活实在太残酷了。

那一老一小中的孙女大学毕业刚找到工作，租房独居，本来看好一条黑背幼犬。但是奶奶认为孙女上班家中长时间无人，两条狗相互陪伴会更好。需要的话她还能去帮着遛，而德国牧羊犬她驾驭不了。奶奶的话起了作用，女孩改变了初衷，于是在我还拖泥带水恋恋不舍时，她“捷足后登”了。

少顷，小伙子把特丽克西和塔拉牵进会客间，让它们与未来的主人相见。祖孙俩也请我过去帮着参谋，说毕竟这是一个重大决定。我摆出姿态，向她们道贺，溢美之词无以言表，而心中则七上八下，五味俱全，眼泪止不住地要往下落。

回家后，我怎么也平静不下来，一遍遍调出特丽克西的照片，不停回忆与它相聚的短暂一幕。我也不明白自己是怎么了，喜欢狗是真的，但从来没有这样强烈过。从网上看第一眼起就心动不已，等见到真身，更心花怒放。道理我懂：狗有的是，下次弄个更好的。但这个梦只属于它，谁知这么快就醒了。

其实生活中很多事情都需要低头和等待，我也一直这样要求自己，比如工作，有没有兴趣都得去干；孩子，好坏都得无条件去爱；还要遵纪，要守法……以为喜欢上一只狗，能够彰显我的主宰地位，可还是不能由着性子来，多么失败……

彼时母亲正好来美探亲，见我魂不守舍，就谈起前世今生，认为我与此狗定有渊源。我听罢一笑了之，把她当成老糊涂。但同样的状态持续数日，又想起女孩的临别赠言“我会善待你的狗”，我突然怀疑我是不是被原来的狗主人附体了，她要看到它们有了归宿才会放心远去吧。如此说来，她就需要有个人代她去。至于为什么是我，鬼知道，可为什么不能是我呢？要是这样，既然她亲睹狗狗被好人家领走，我的任务也已完成，该是停止自作多情的时候了。

从走火入魔般渐渐抽身，日子恢复了平静。到了这番光景，还能被别人眼中可能很普通的一只狗搞得神魂颠倒，不论是鬼魂、激素，还是错乱的神经使然，我倒不觉得是件坏事，因为那种爱恋的感觉很令人享受。

有一个小插曲是，因为我没能实现领来特丽克西的诺言，又花了不少精力对孩子们进行安慰。女儿问我为什么不假装喜欢塔拉，先弄回来然后再送走，反正也没多贵。我心说你怎么知道我没想过，但不能承认，而是教了她一个新的中文词：不择手段。告诉她，事情但凡到了需要你不择手段的那一步，都不要去做，因为总有人（这里是特丽克西和塔拉）会受到伤害。相信我们一定会在合适的时间、合适的地点，拥有一只适合我们、属于我们的狗。

又一段一见钟情的经历

时光飞逝，距离上次因狗伤心已过了一年半，期间曾申请两次，都因家中“老大”胖猫土豆的原因没领成—— 不是所有的狗都可以和猫和平共处的。但一次偶然的机会，使我与又一条心爱的狗狗有了一次美丽的邂逅。

上星期，在外州工作的闺蜜惠来芝加哥出差，周五中午公干完毕我俩在一家西班牙餐厅小聚，非常惬意。饭后我们到街上闲逛，路过一家动物收容所时，我提议进去看看狗。惠红唇一撇，你那么忙，养什么狗啊，但好奇心驱使她还是同意了。

周末为领养高峰，收容所里面人来人往，好不热闹。这是家成立于1899年的动物保护机构，规模巨大。进到狗舍，但见个头大的小的、年龄老的少的、相貌丑的俊的、个性静的动的，各不相同。看到有人过来，有的冷眼旁观，有的热情洋溢，有的无动于衷，有的凶相毕露，也可谓狗生百态。

其实刚进门，一条狗就引起了我的注意。尽管它蜷成一团，但那对支棱着的耳朵好迷人，我不禁扫了一眼它的名牌，难怪呢，是秋田犬和拳师犬的混血，前者本来就是我喜欢的。但看到体重55磅，我立刻飘过，因为大的伺候不了，三四十磅对我最理想。

转了没几圈，惠已经受不了狗舍里浓郁的狗味，拉着我要走人。但对那对狗耳朵很难忘，我想再看最后一眼，她只好捏着鼻子跟我兜回去。

我刚在笼前站定，这位叫奥西的狗女郎便动了动，继而睁开眼，抬起头。奇迹在四目相对的瞬间出现了，我觉得心被砰地击了一拳。它圆圆的黑脸蛋上五官端正，鼻头嘴巴点缀着丝丝浅色的纹路，目光专注地看着我，流露出一种温暖的神情。随后它又站了起来，身材匀称，英气勃勃，根本不像它实际上那么重。更让我激动的是，它跟我同月同日生，芳龄三岁整，比我小了几十年。

惠也早顾不上捏鼻子了，兴奋地说挺好挺好，快了解了解。

一位工作人员取来奥西的档案，就我最关心的能否跟猫相处的问题，给出了肯定的答复。原来它跟幼童和狗伴一起长大，因主人出现财务危机不得不被送养，经测试可以跟猫生活在一起。小伙子还说通过这几天的照顾，发现它性情温和，特别规矩，对初次养狗和有小孩的家庭非常合适。

我激动得难以言表，但仍故作镇定地询问能否近距离地接触一下。当然能，说着小伙子就给奥西套上狗绳，带出笼子，领到走廊。它静静地跟在他身边，抬头挺胸，一步一个脚印，非常优雅。小伙子掏出一块饼干，让它坐下它就坐下，让它伸爪它就伸爪，最后细嚼慢咽的样子也那么淑女。

熟悉了一会儿，我单独牵着它到后院去。它闻闻嗅嗅，溜溜达达，大小各做一单，特别好遛。满院都是试狗的人群，有的狗明显不好驾驭，不是乱扑就是猛冲，或是狂吠不已。我紧紧地拽着奥西，生怕它受到欺负，它倒镇定自若，毫无惧色。半天我才习惯过来，暗示自己要淡定。

惠早已立场全无，喜不自禁，带着奥西在前厅玩半天，连连鼓动我别再犹豫。我岂能不心动，但毕竟要带它一辈子，也没跟家人商量，故没出息地有点小紧张。这时离惠返程的时间近了，我需要开车送她去车站，只好几分不舍、几分担心地离开了。

我心不在焉地把惠送到地方，装模作样地拥抱完，没等她过马路，就迫不及待地飞奔而去，给在附近工作的老美女友L打电话，十万火急要见她。不一会儿她到了，刚开口叫声亲爱的，我立即打断她，请她跟我回收容所。尽管她表示不支持，见我作可怜状，就叹口气道既然这样，就陪你走一趟吧。

城中心星期五下班高峰期，我那辆只有乡下妇人才惯常驾驶的小破车，被如潮的人流所淹没，被横冲直撞的出租车所夹击，杀出一条血路着实不易。

小伙子再次把奥西交到我手里，不论带到哪，它都很配合地跟着，不慌不忙。五分钟不到，L连说这狗太出色了，训练得这么好，一定很快就会被人领走。她让我不要犹豫，并表示下次不能再随便低估我的眼光了。我俩一直待到关门，向前台问清领养所需的“全部”材料，才恋恋不舍地离开，准备次日开门就来。

我整夜认真准备养狗事项，心情激动得不亚于当年得到可以办绿卡的工作通知。星期六上午又跟两位养狗的邻居请教了细节，组装上买了几年的狗笼，待孩子们跟爸爸向西去了中文学校，我则向东进城了。

周六收容所里更加热闹。与周围活蹦乱跳的狗友形成鲜明对比，奥西还是默默地蜷曲着，见到我时则眼睛明显一亮，同时欠起半个身子来。我隔着栏杆挠挠它脑门，告诉它等会儿我带你回家，便去与领养咨询员面谈，办理领养手续了。

我证明自己有房有车，有吃有喝，还有无尽的爱，一切进行得十分顺利。不料当咨询员联系土豆的动物医院，以确认我是否对现有宠物负责任时，情况却直转急下。那家土豆体检看病去过数次的大医院，除了最近一次居然没有它的任何记录。

因为这被视为手续不全，我的领养申请不能通过。我很意外，去电跟医院据理力争，终于有人承认以前病历是手写的，有的没被输进电脑。医院答应发传真，但收容所周末不开机无法接收；收容所承认电子邮件，但医院却没有扫描仪……我感觉一下回到了中世纪。

领养咨询员非常同情我，可她的老板、那位负责资格终审的女经理却变得非常不耐烦，公事公办的眼神里充满了不信任。经反复交涉，她才勉强同意接受医院口头证明。我终于松了口气，但当再次打去电话，土豆的人工病例又不知所踪，刚才跟我通话的女前台下班了。

动物医院在一小时车程外，想去打架都来不及。其实我在此之前就发现他们的账单很混乱，正想着换一家医院呢。加上领养须知上也没有这一项，否则我肯定有时间去准备。更糟的是该收容所遵循先来后到原则，不为客人保留动物，我只能眼看希望暗淡下去，束手无策。

心烦意乱之下，我想带奥西再出去走走，可义工说它一点食也没吃始终趴着，肯定不想动。话音未落它却站了起来，怔怔地看着我，有期盼有忧愁，马上被义工牵出来。它依旧很乖，不管是吃的还是玩的，给它就尽情享受，不给也不去争抢。最震撼的是面对一只龇牙咧嘴扑上来的斗牛犬，它挺身迎上，发出一阵凶悍的呜呜，竟把挑衅者吓退了。

离开时已是傍晚了，我跟工作人员请求能否把奥西笼子外面领养待定的牌子多留一阵，他跟我挤了一下眼睛：明天见。

当夜有暴风雪，我的心绪也抑郁焦躁。星期天一早我就急迫地给周边多家动物医院打电话，顶风冒雪带着土豆重新体检。搞定一切，我立即联系收容所，被告知因天气原因当天停业，让我第二天再去领奥西。

狗肚子装不了二两酥油，这话说的就是我。这下我彻底放心了，并开始给朋友们发信息：瞧一瞧看一看了，此狗非我莫属。

星期一清晨，我便喜滋滋地登入收容所网站，想先看看自家狗狗，可是，奥西的照片却不见了！捱到前台上班，我听到了个匪夷所思的消息：它已被人领养了，时间为前一天的下午。对于我的质疑，领养经理如是解释：收容所昨天的确关门了，但负责照料动物的人员还在，偶有顾客来访，大雪天的就放他们进来了。其中一位男士看上奥西，就把它领走了。

这个长得干瘦灰白的女人，态度出奇的好，与星期六时判若两人。因为动物收容还有申辩这一说，即可以根据合理要求推翻既成领养，她自知理亏不想我走这一步。

我之所以希望领养成狗，是对驯养小狗没有经验。另外不像有人对品种、血统甚至性别都有要求，所以我特适合一见钟情。可是老天为何对我如此苛刻呢？

记得大学时有个同学曾谈过六个男朋友，每次开始都倾心投入，最后痛不欲生，但什么都无法阻止她周而复始地开始下一段。我当时觉得她无法理喻，现在才明白，她从男生身上找到的不可遏止的情感，而我终于从狗身上体会到了。

哪壶不开提哪壶，就在这时，有个朋友兴冲冲地打来电话，说奥西长得特像我，一看就是一家的。我彻底无语，只好用这世界变化太快来搪塞。秋田犬漂亮但霸道，拳狮犬温和聪明但不太好看，奥西外表像前者、性情像后者，净取优点长了，我哪赶得上它啊。

大雪仍然纷纷扬扬，我的心情也一样冰冷。这世界上总有人极其不敬业，如果医院完整保留土豆的病例，如果收容所提供全面的信息，那么现在和奥西一起在雪中奔跑的就是我，而不是那个无名男了。我希望奥西尿在他家地板上，半夜狂吠，出门跟邻居的狗死掐，折腾晕他才好呢。

可昨晚梦到奥西了，容我摸它的头，很快乐的样子，像是有了幸福的归宿吧。

最难忘的一个圣诞节

去年圣诞夜，我没有像往常一样在温暖的室内享受大餐，而是顶着漫天飞雪，奔波在从明尼苏达到芝加哥的高速上。这条路要开十个小时，我是带孩子们滑完几天雪，连夜往回赶，家里还有诱人的礼物等着呢。

尽管我们平时很少去麦当劳，但旅途中远远看到明黄的大M，总觉得很亲切。饥肠辘辘间照例停到一间M店前，圣诞快乐的问候扑面而来。吃饱就有了精神追求，重新上路后俩娃开始央求我讲故事，还要关于圣诞节，而且不是耶稣诞生在马棚什么的。

时间都去哪儿了，我怎么成了“讲那过去的故事”的妈妈了呢？只不过从高高的谷堆旁边，变成了在飞奔的汽车里面。其实我的老底早被孩子们掏空了，所幸跟圣诞节挂边的还真有一个。

那是我来美国后的第一个圣诞。学校12月中旬放假，刚好在一家中餐馆打工的朋友因手腕扭伤，推荐我去代工。二十年前，留学生打工司空见惯。

转眼到了圣诞节。平日我坐公交车出行，因为过节期间公交车不运行，所以朋友开车去送我。餐馆十一点营业，我提前十分钟到达，奇怪的是一拉门，没开，扒窗户往里望，黑黢黢的。我迷惑不解，左右看看，整个街道静悄悄的，只有些许清凌凌的小雪砢，无声地洒落着。

回头再找朋友时，除了两行车印，哪里还有她的影子。我想打电话，可街上的公共电话要投硬币，我兜里倒有几块钱——说来好笑，那是准备应付打劫的——但都是纸币，只好在空空的街上东游西荡，希望能碰到个人换钢镚。

经过咖啡店，路过海鲜馆，穿过停车场，拐过几个街角，还是连个人影也没有。当时气温零下七八摄氏度吧，我的黑短裙和小外套渐渐抵御不住寒意了，满眼华丽浓郁的节日装饰，看着也多了几份凄凉。我开始心慌，连失联已久的卖火柴的小女孩都想起来了。

终于，地平线上出现了两个女人的身影，我穿过马路迎上去，令人失望的是她们也没带硬币。其中一位指着不远处一栋建筑让我去那试试，说完就继续匆匆赶路了。我没太明白她的意思，可别无选择，只好满心狐疑地过去了。

天壤之别，只隔着两道门。这栋建筑里面不但有人，而且热闹非凡，圣诞树散发着清新的松香，鲜红的丝带和金色的吊饰鳞光闪闪，悠扬的圣乐袅袅环绕，一派欢快的景象。前台一名青年女子，见我进来满面笑容。我手里捏着一美元纸币，像见到了救命恩人："你好，你可以帮我一个忙吗？"她笑得更甜了："当然可以，不过你不用付钱的。"不等我说第二句，她示意边上一个女孩马上带我往里走。

那是一道长长的走廊，两边地上东倒西歪地坐了不少人。老美喜欢席地而坐，本没什么奇怪，奇怪的是这伙人都盯着我看，有的还咧着嘴笑，好像哪里不对劲儿又说不出来，有些诡异。走廊的尽头是后厅，有一溜铺着白桌布的长条桌，和来来回回的很多人。没容我反应，女孩拿过一个装满食物的盘子递上来，两只明晃晃的炸鸡腿特显眼。

这是要干什么？我不明就里，本能地推让着。"给你的，别客气！"女孩耐心地端着盘子。这时几个衣冠不整的人也围拢过来，有男有女，笑嘻嘻地劝我说"吃吧吃吧"。我懵了，结结巴巴地说："我……我吃过饭了。""吃过还可以再吃啊，味道不错呢！"有人边说还边拉我过去坐。

为什么会给我饭吃？我为什么要吃饭？我挺害怕的，但坚持拒绝。女孩疑惑地问道那你想要什么呢，我说想换几个钢镚打电话。电话在前厅呀，她放下鸡腿又带我原路往回返。我又被检阅了一次，这回我看清楚了，那些席地而坐的人中间有头发凌乱的，有门牙缺失的，有不停傻笑的，还有吹起口哨的……

青年女子再次跟我确认我是不是真的不需要吃的——至此我也不知道演的是哪出——我重复只需要个硬币打电话。她哦了一声，摸索一阵掏出两个25美分的硬币，也不要我的一美元。于是在这个圣诞夜，我讨到了人生的第一笔钱。

原来，节日里餐馆比平时晚开一个小时，我第一天打这个工，别人不知道我不知道，因此忘了提醒我。经过这番折腾，时间也快到了，直到离开那座楼，我都不知道那是什么地方。

大冷天的被扔到街上，又在流浪汉堆里被混饭，圣诞节啊，这么凄惨的遭遇让大家笑弯了腰。大厨告诉我那个楼叫YMCA，是个健身场所，但不知道它还管饭。还有人说以后炒了老板鱿鱼，知道去哪儿要饭了。广东人爱喝例汤，但我更喜欢啃熬剩的猪骨头，因此总被戏称属狗。老板盛了一大碗肉骨头端给我，说了声今天你可不能给我搞砸了。在他这儿就算是给我道歉了。

食客很快就到了，因为其他餐馆都关门，一整天都人满为患。一直忙到半夜收工，我紧张得连一口水都没喝，根本没察觉过了那么久。过节果然很好，当天赚到的小费就有240美元，不过杯盘刀叉长久都在眼前盘旋，以至于我后来不管走到哪，看见桌子上有东西就想收走。

圣诞清晨走出餐馆，世界一片璀璨，YMCA依然灯火通明。

YMCA，全称Young Man's Christian Association，基督教青年会，是一个1844年成立于伦敦、总部设在日内瓦的全球性基督教青年社会团体。它按照服务他人的精神，通过普世的志愿活动，涉及教育、文化、技艺、体育和社团等事务，创建以来对发展青少年健康的身体、头脑和心灵贡献巨大。

YMCA的创始人叫乔治·威廉姆斯，1821年生于英国西南一个农庄，小时候是个没心没肺满口脏话的小混混。十几岁时被家人送到城里的布店当学徒，开始接触到教会，并成为了一名基督徒。二十岁时他去了伦敦一间布店打工，几年后当上部门经理，同时也进行福音宣传。后来他娶了老板的女儿，又写下一桩穷小子爱上富小姐的传奇故事。

当时由于工业革命的兴起，大批的农村青年离开故土，涌入城市，在各类工业企业做工。但在农转工的过程中，这些人的物质生活和精神状况问题百出，从无所事事、精神颓废，到酗酒赌博成风，严重的甚至触犯法律。乔治见状深感不安，召集同行创办了一家慈善机构YMCA，让民工们免费居住，锻炼身体，寻求信仰，过健康的生活。后来他还游说大老板，也就是他的老丈人，掏腰包把这种慈善行为扩展到其他行业。

到了1851年，YMCA遍布于欧洲、澳洲、美加等主要工业国家和地区，不久又组成了YMCA世界协会，更利于青年会间的相互协作。它根据《新约·马可福音》的经文，以“非以役人，乃役于人”为会训，意思是不要他人为我，而是我为他人，通过坚定个人信仰，推广社会服务活动，改善青年人的精神生活和文化环境。

20世纪后，YMCA逐渐从对个别青年施加影响，扩大成为推行社会改良、参与政治和社会活动的基督教外围团体。进入21世纪，性别平等、种族主义、环境保护、妇幼权利、战争与和平、可持续发展、全球化挑战、不同信仰和意识形态间的对话和合作等，都成为YMCA的议题。

美国现今共有2700多家YMCA，提供各种有益的活动，平均年受益2100多万人。而使这个庞大机构成功运转的，只有2万名正式雇员，其余600万皆为志愿者。

惭愧的是，很长时间我都以为YMCA只是健身房。不过体育锻炼的确是YMCA倡导的最基本的生活方式。比如篮球和排球，可谓家喻户晓，但很多人也许不知道，它们都是YMCA的体育老师发明的。可见如果没有YMCA，就不会有NBA，也不会有中国女排了。

圣诞夜为无家可归者提供食宿也是YMCA的慈善活动之一。看到一个捏着一美元的女子走进来，瑟瑟发抖可怜兮兮，除了是来要饭的，他们绝不会有第二种想法。毕竟有些苦涩，若非孩子们想听故事，我大概不会主动讲的，而他们原本期待的也不是这样，而是诸如我得到什么礼物，或者不用上学之类的。但尽管后来日进240美元成为小事一桩，手机可以无限狂打，圣诞过得华华丽丽，我始终为那一天而骄傲。

暑假开始了，小的们第一次报名参加YMCA的户外营。他们将参加游泳、划船、钓鱼、潜水、骑马、伐木、露营、打球、徒步旅行、攀爬网阵等，并被要求学做诚信、独立、合作、助人、坚韧和拥有体育道德的营员。培养健全人格，建立美满社会，一位英伦布商160年前的理想之花仍遍地开放。

格瑞斯和弗兰克的离婚故事

格瑞斯和弗兰克是一对看起来非常和睦的夫妇，结婚六年，有一个四岁的儿子小弗兰克。全家住在芝加哥西郊一个很好的社区，一栋房子两辆车，离各自的父母家也不远。而且，格瑞斯刚又怀了个女儿，不知是随父还是随母，蓝眼睛还是绿眼睛，但金发是跑不了的，肯定是个漂亮的洋娃娃。

一切都是在外人意想不到的情况下发生的。

格瑞斯一天给我打电话，说有点事要告诉我。她是我很投缘的好朋友，有了孩子后辞掉工作，改做时间灵活的房产中介。因为多种原因，我一直犹豫是否该搬到邻镇，以为她替我找到了合适的房子。然而我听到的是她平静的声音："我和弗兰克要离婚了。"

"为什么？"我脱口而出。不久前我还去他们装潢一新的房子聚会，二人谈笑风生，没察觉有异样啊。

原因是弗兰克失业了。当然失业这事很常见，在美国很多人都经历过，但不是都要离婚的。格瑞斯三言两语，把事情还原给我。

先说说这个弗兰克。他长得特像电影明星，身板很直，眼窝很深，跟人谈话时神情专注，举手投足都颇有绅士风度。跟典型的美国爹一样，他经常在草地上跟儿子挥舞大棒击打垒球，或抛接橄榄球什么的，冬天铲雪时也常把邻居的道路打扫干净。当然，这都是表面的。

他就职于与父母和兄妹共同拥有的家族企业，一个主要生产传统精包装材料的老厂。尽管全球都快一体化了，因其历史悠久，工艺独特，仍稳据一方市场。只是近几年公司曾起过内讧，主要责任在弗兰克。

费兰克有工科学历，在厂里负责产品设计，也兼职公关和销售。但他雄心很大，总认为自己怀才不遇，渐渐有了另立门户的想法。这本来也无可厚非，可他采取了一个令人不齿的办法：偷窃企业的资金、产品和客户，以期达到目的。做生意不是过家家，对这种严重违反企业纪律、破坏企业声誉的行为，全家人大为光火，召开家庭会议对他提出严厉批评。他承认了错误，并保证绝不再犯，毕竟是自家人，他没被依法追究责任。

格瑞斯不参与他的工作，也不占有任何股份，因情况特殊，被允许列席会议。她也认为弗兰克非常过分，当然站在婆家那一面，但私下里鼓励丈夫不开心可以辞职另辟蹊径。即使万事开头难，她有一份业绩很好的工作，养家糊口不成问题。弗兰克非常感恩，决心继续好好干，尤其在得知格瑞斯怀孕后，更加欣喜。

然而弗兰克以为即将到来的新家庭成员着想为借口，旧病复发，利用公司的名义独吞资产。这次他做得更加隐秘，但还是被格瑞斯无意间发现了。不论是从职业还是伦理道德上讲，这都是极端错误的，她苦劝无效，决定报告给公婆。后果可想而知，弗兰克被踢出了公司，同时也意味着失去了收入来源。弗兰克认为妻子胳膊肘往外拐，坏他的好事，两人的关系急转直下。

很快，因为将无法承担贷款，他们被迫出售刚购买不久的新房。弗兰克开始借酒浇愁，格瑞斯既仍然爱他，又对他感到失望，尤其想到年幼的儿子和尚未出生的女儿，那种万分无助和痛苦挣扎，没有相似遭遇的人难以想象。好在格瑞斯个性自律坚强，父母也向她伸出了援手。

格瑞斯的父母都是伊利诺伊州的法官，为此把住了多年的房子腾出来，搬到自己位于芝加哥的公寓里。但老太太有个条件，要求弗兰克每星期至少挣到200美元，够全家菜钱就行。这种检测他责任感的做法被弗兰克视为侮辱，他断言拒绝，因此也被拒绝跟随妻儿入住。从冷战到恶言相向，事态朝不可收拾的方向迅速下坠。

在美国，挣200美元对一个大男人来说实在易如反掌，小到打点零工，大到兼职或合同工，临时过渡就好，可惜他宁肯借住到朋友家，也不屈从岳母的权威。家人劝他去见心理医生，他也嗤之以鼻。我有一次遇见他，含蓄地问是否还有余地，他漠然答道他的感受在他家人看来毫不重要。一个认为被全世界所有亲人——有血缘的和有姻缘的——所辜负的人，显然已经无法掌控自己的生活。随后，他看都没看刚出生的女儿艾玛一眼，远走美国南方，跟所有人断绝了联系。那是2007年初夏。

美国的法律把人武装到了何止牙齿，简直是骨髓。它有成熟的家庭法规、严格的离婚程序，以及专业律师，主要针对财产分割和孩子监护等问题进行处置，以确保公平原则，保障女性及未成年人的权益。伊州实行有错和无错离婚两种形式，一来法官很少以有错的理由判离，二来格瑞斯也希望和平分手，因此她倾向“合作式离婚”，各雇律师协调把关。

然而，因为弗兰克行踪不明，与他的任何协商都成为不可能，还因其给公司造成损失，虽然没被家人起诉，但股份分红、退休账户等被没收或冻结，实际上一文不名。格瑞斯并没有多少选择，离婚变成了一场漫长的等待。

刚做好完美退休计划的法官夫妇，为了女儿不得不调整目标。老先生跳槽到一家私人律师事务所，老太太帮助格瑞斯照看孩子。后来他们卖掉公寓和老房子，买了一栋有六间卧室的学区大宅，与格瑞斯和孩子们住在一起。格瑞斯还有一个当工程师的妹妹，对父母的安排始终全力支持，也始终竭尽所能提供帮助。

弗兰克的父母也很乐意花时间陪伴小弗兰克和艾玛，但除了礼物，并不提供金钱资助，理由是这样会对其他孙子孙女不公。格瑞斯毫无怨言，能有人搭把手就已经感激不尽了。

当然，格瑞斯是承担压力最大的一方。一次聊着聊着她突然落泪了："你说，小弗兰克和艾玛这么聪明可爱，他们的父亲怎么能这样对待他们？我长得漂亮，人缘很好，名校毕业，有工作，悉心照顾孩子，卧室里他也一直满意，他为什么这样对我呢？我怎么跟孩子们解释呢？"

再坚强的人也有撑不住的时刻，格瑞斯抛来的问题我也没有答案，活着有时真比预想的苦。只能说当爸这件事是个复杂的工程，做生物意义上的爹易如反掌，而做社会意义上的父亲，对某些人来说难上加难。奥巴马和乔布斯都是被亲爹抛弃的，拥有好爸爸不是人人都能享受的特权。不过坏的榜样没有也罢，从来不曾拥有，就永远也不会失去嘛。

幸运的是两个孩子都快乐地成长着。除正常上学外，小弗兰克喜爱冰球，一直坚持训练，而且小小年纪已弹得一手好吉他。艾玛和弗兰克长得一模一样，十足的小美人坯子，很有艺术天分，参加了表演和模特培训班，已经出现在若干电视剧和儿童杂志上。连续五年，他们没与父亲有过任何接触，即使生日和圣诞节，也没收到过只言片语或任何礼物。终于见到他的时候，却因一个匪夷所思的理由。

当初格瑞斯自己卖房时，因为省去了中介费，又从熟识的承包商得到装修优惠，最后盈余八万美元。弗兰克听说后，跑回来要求分割这笔钱财。这是格瑞斯挣来的钱，也在为孩子保存着，就算全归她，也不足以抵消弗兰克亏欠的抚养费的零头。而弗兰克居然声称那是他应得的，他有权决定如何支配，如果拿不到就去告她。

老法官被彻底地激怒了。如果说之前他顾及是女儿的私事，不好过多干预，这次弗兰克挑战了他最后的底线，一掷千金雇来律师与之对簿公堂。几番交手，弗兰克的律师辞职了，之前对弗兰克还心存隐忍的格瑞斯终于把他抛进了垃圾箱。

就在一切向着好的方向发展时，某晚我收到了格瑞斯的一封邮件："我有个消息要告诉你，听后别为我担心，我被诊断为淋巴癌……"我觉得脑袋好像被人猛敲一锤，半天回不过神来。手术前我问她，是否失望，是否绝望。她爽快地回答："当然失望，但没绝望。你想，能在芝加哥大学医学院这种地方，接受最好的医生最好的治疗，我比地球上大多数病人都走运，听上帝的安排吧。"

好在她得的是淋巴癌里最轻的一种，术后经过辅助治疗，除了要终生服药，已经完全康复了。一段时间，她把头发染成各种颜色，来表达内心的喜悦。另一个万幸是，弗兰克家族企业的优质医疗保险仍依法包含格瑞斯，为她支付了巨额的医疗费。

某日太阳从西边出来，弗兰克突然希望回到孩子们的生活中。他的父母为此重新接纳他进入公司，只是不再赋予他管理职责。格瑞斯也给了他宽松的探视时间，尽管不能指望他认真遵守。

我有时幻想，假如格瑞斯不去告发弗兰克，他就不会丢掉工作，他们就不会被迫卖房，弗兰克就不会离家出走，孩子就不会失去父亲（至少暂时不会），甚至格瑞斯也不会得癌。可是，配偶背叛良心、正义和人格，对具有这些品性的人来说，毫无疑问是另一种伤害。格瑞斯没有为自己的决定后悔过，如果换了我，应该也会这样做，但希望生活不要给我这样的考验。

格瑞斯的近况有坏消息也有好消息。坏的是，小艾玛患有先天性类风湿关节炎，随着年龄的增长呈加重趋势，全家人都站在她身后，助她与疾病交战。好的是，格瑞斯有了情投意合的男朋友，一个大她几岁的男人，重拾快乐和幸福。他的孩子已上大学，他下班就跑来陪小弗兰克打球，带艾玛看病，去参加学校的活动等，孩子们渴盼已久的父亲角色终于出现了。

这是段充满着相濡以沫的温馨、交错着利令智昏的冷酷、承载着人性的美好和卑劣的旅程。祝福格瑞斯和她的孩子们。

也说“美国看病难”的问题

引子：美国的医疗条件非常优越，不过对习惯“中国式看病”的人，寻医问药不一定来得容易。简单地说，除非急诊或专科，这里的病人一般不去医院，而是首选家庭医生的诊所。由于熟悉患者病史，家庭医生可采取电话指导、开处方药、面诊等方法，直至推荐给专科医生。但因社会对医生行业的推崇以及高额回报，也有少数不适合做医生的人跻身其列。因此了解医生的资质，避免落入庸医之手，非常重要。由于我没有及时更新家庭医生，就有了下面这段遭遇。

2013年的元旦过后不久，我大病一场，发了14天的高烧，一度觉得离死不远。虽然恢复了两三个月，仍在体验着病去如抽丝的滋味，想记录此次经历的念头便愈发强烈，但重点不在生病本身多么难过，而是有的美国医生可以多么荒唐。

生病之前我非常忙碌，已经感觉到了疲惫，但更直接的导火索是滑雪玩过了头，回来就发起烧来。因为再无其他症状，我以为靠泰诺就可以挺过去，可没过多久热度就卷土重来，气力也渐渐消散。我预知大事不好。

到了第四晚，泰诺已失效，体温持续在102～105华氏度，伴随一波猛过一波电击般的寒战，难受得无以言表。瑟瑟地哆嗦到天明，我立即给附近的Loyola医学院打去电话，求见医生。它是与芝加哥大学医学院和西北大学医学院齐名的医疗机构，除了偌大的中心校区，到处都有它的附属医院和诊所，非常方便。

由于近年来住址变迁，我忽视了找个家庭医生，只好请客服推荐一位。她建议我去一家无预约诊室，与医生诊所功能相同，又不用等待。求医心切，加上对大医院的信任，我听从了她的安排。这是第五天。

诊室环境优雅，氛围轻快，我恍惚觉得自己来到的不像是救命更像是度假的地方。护士的前序工作完成后，来了位白人男医生，查看一番心肺五官，一切正常，但化验检出了链球菌阳性，据此他确诊我得了脓毒性咽喉炎。我吃惊极了，因为这个病我熟悉，除了发烧我的症状一点也不像，何况刚才不是还说咽喉都好吗？那个蓝眼睛的家伙对我的疑问不置可否，开了十天的阿莫西林，就把我打发了。

回家后高烧持续，地暗天昏，熬至次日傍晚，不得不再去复诊。因为脱水严重，连技艺高超的菲籍护士也连捅六针才给我挂上点滴。直觉告诉我这不是脓毒性咽喉炎的问题，但那位医生坚持己见，强调或许是阿莫西林有时需三四天才起作用，要我耐心等待药效显灵。我从未有过如此衰败之感，不安地请教如若不好怎么办，他明显不爽，在我重复几遍后才淡漠地表示只有去急诊。

无奈之下向一位在外州行医的闺蜜求救，她也判断我绝非是咽喉炎的问题。惊诧于那个医生何以如此无知之余，闺蜜命我马上去看急诊，以防高烧引起危险的并发症。于是，第八天，病得七零八落的我被送进Loyola中心校区急诊室。医生是位安静的黑人，听我陈述完病情，惜字如金地说了几句话，呼啦派来好几个护士、技师将我推进推出，轮番检测。大医院设备先进的优势马上显现出来，只是被一管接一管地抽血，我觉得自己都快被抽成木乃伊了。

下半夜的医生换成了个灰发白男，活力十足，像一头亮丽的斗牛冲进冲出。与前一位相反，他不断向我更新信息，这个正常那个也正常，捷报频传。但当看到护士送来泰诺时，我傻眼了。我表示已经服用过泰诺，它对我已不起作用，并会引起胃绞痛，希望换一种药。不料这个正常要求，却惹得"牛医生"极为不快："我工作了二十年，从没听过这种事，告诉我为什么？！"我惊讶极了："先生，我不知道。但我知道的是，至少从今天起，你再也不必问这个问题了。"

药虽然给换了，但从此他的脸拉得老长，好像突然发现我跟他前妻长得很像似的，非常莫名其妙。折腾一夜，除了个别结果尚需等待，一方面所有检测报告都显示正常，另一方面我必须靠静脉点滴维持小命。无法确定病因，自然也无药可治，我只好继续忍受煎熬。

高烧中又挨过一天，我去见新找的主治医生。首先接待我的是一位身型庞大的女护士。她从嗓子眼里哼出一声职业性的哈喽后，要求我脱衣脱鞋测身高体重。我当时已是一块过了保质期然后摔到地上的老豆腐，早都散花了，不能承受任何风吹草动，加上前两天刚量过，便气若游丝地问能不能略过这步。她瞥了我一眼，让我撸起衣袖量血压，见我做不来，大眼珠子滚动了好几圈才勉强伸出援手。事后她一扭一扭地走出去，跟医生说了句“她不配合”。

我很意外她会这么想，待女主治医生一进来立即试图解释，但后者的想象力已被激发，说什么都晚了。她劈头问我有没有抑郁史，我不明就里，承认有过。不料她刨根问底，大做文章，居然要我去看心理医生。我很不解，问她我父亲去世我抑郁，我发烧十天我抑郁，这不都很正常吗，我想知道我身体怎么了，你大谈心理干什么？

她终于打住了，又讯问我是否酗酒，是否吸毒，有几个性伴侣，是否可能染上艾滋病毒，并目光犀利地强调我必须说实话，她才能真正帮助我。我彻底晕了，但发扬回光返照的精神，一一给出否定答复，并恨恨地意识到，我的确需要心理医生来抚慰这颗脆弱的小心灵了。她语气慢慢变缓，让我补验艾滋病，以及去做CT查癌症，同时不排除我可能染上了严重的感冒病毒。从诊所出去有一个热闹的十字路口，我下定决心，就是死在这街头，也绝不再去见这帮自以为是的家伙。

后来据朋友分析，根据我仅有的发烧症状、良好的检测结果、不合作的态度，该医生认定我并无大恙，寻求关注是真，所以需要治疗的是心理。这一点上，她的职业判断非常愚蠢。怀疑免疫系统出现问题虽然合理，但咄咄逼人的态度表明她并非良善之辈，跟她就此诀别是明智的。

更荒唐的是，当我后来查看就诊记录时，惊讶地发现，最开始说我得脓毒性咽喉炎的那位医生，在“症状”一栏下居然写着“咽喉疼痛红肿”，一个十足的谎言——为了支持自己的误诊，显然他编造了病例。

综合一个星期以来艰难的求医历程，我的感受是，这家医院盛名之下其实难副。撇开华丽的装潢，和为患者健康着想的幌子，它更像三流的生意人。医生居高临下，优越感十足，对患者病情毫不上心，只依据流程机械操作，既不承担风险还可高额收费，功利的本质一目了然，连以“医学不是万能的”或“医生也会犯错”为借口，都显得太过勉强。

毕竟非我族类，以致最近我变得很种族主义，深埋心中的“仇恨”破土而出。有白人朋友告诉我，美国医生里缺德的其实挺多，他们被无良对待的时候也不少，关键是以后要挑个好的。的确，本来我对这家医院印象不错，每当重大事故发生，伤者动辄被空运到此，说明它的某些专科非常先进。怪我没找家庭医生，而且得错了病吧。

不过为我做CT的技师非常温和体贴。他白白的头发、白白的胡子，圆圆的肚子、圆圆的脑袋，尽管身着浅蓝工服，却活脱脱像一圣诞老人。他满口honey、honey（宝贝）地叫着，温和体贴，让人有些受宠若惊。比如他见我穿着病服瑟瑟发抖，马上送来烘热的线毯；我准备喝药时，他就像哄小孩般把注意事项解释得一清二楚，言语之幽默让我笑出声来。我猜他见我做这么大一单检查，怎么也得有一两种绝症吧，拿出的大概是临终关怀的态度。

高烧在第十五天终于停止了。片刻的喘息和欣喜之余，我发现自己像一片残垣断壁，收拾起来困难重重。很长时间过去后，我握个餐具、端杯咖啡仍旧险象丛生，至于规模稍大的动作，就更望洋兴叹了。虽然恢复极慢，好在我癌症艾滋全没得上，脑子也没烧坏，大结局就是我根本没病！

最可笑的是，女医生来电通知我CT结果时，仍没忘提醒我约见心理治疗师——找不出病源，她更相信我没病装病了。我心想，除了太上老君的炉子我没钻过，我磨炼得还少吗？从县城户口变成北京户口，从中国户口变成美国户口，我还想从地球户口变成火星户口呢，抑郁个头啊。

无独有偶，我有个朋友也久病不愈，规律性地发烧头疼，痛苦不堪。更惨的是，她先后被三位医生分别诊断为鼻窦炎、肺结核、红斑狼疮，曾被要求立即动刀。尽管后来被一一否定，但她工作生活两误，无奈自己做起了研究。博士的科研能力就是强大，她怀疑自己染上了某种病毒，经专家证实果然不假，对症下药终于痊愈了。

美国每年有无数病人被误诊。由于对医生没有个人问责制度，患者完全处于弱势地位，不幸遇到庸医非常可怕。我的体会是，这里的医生开膛破肚、大卸八块非常厉害，但疑难杂症、半死不活的，病人只能自求多福了。而且发烧不算病，如果有命就熬得过去，熬不过去命就没了，生死这时只靠自己。

跟原先做过神经外科医生的好友聊到这事，他笑道：“你绝对没病，都是那几天的陨石雨闹的。你那是跟宇宙联系呢，一定是灵魂给折腾到俄罗斯去了。”他说的是那年2月，俄罗斯车里雅宾斯克地区的那场陨石灾害，而我曾经学过十年俄语。

另类广告

到年底了，又是一个买买买的季节，各类商家都积极分发促销广告，其中保险经纪人约翰的邮件如期而至。很久以前，我就人寿保险的有关事宜向这位老先生咨询过，尽管最后没从他那购买，但也并没把他从通讯录中删除，故每年仍会收到他的节日贺卡和业务讯息。

我毕业搬到芝加哥后不久，曾经每天从北部的住处开车穿过环城的湖滨大道，到市区西面的一家公司上班。车程往返各需二十分钟左右，但赶上交通堵塞就没有上限了，所以听收音机成了我打发时间的好办法——公共电台的国际风云和奇谈怪事，教会频道的讲经布道，各类轻摇滚、布鲁斯、交响乐等，换着班地听。

有一段时间，芝加哥公众台的一则广告总会在傍晚我下班的途中播放。平时每到广告我就换台，但是这个比较别致，首先背景音乐非常雄伟，天雷滚滚，有好莱坞大片的气势，然后一个既浑厚又深情的男中音响起，摄人魂魄："朋友，你想过没有，如果你赶不上牵着女儿的手走上红地毯……”

由于极具特色的曲风和独白，以至于我一开始甚至没意识到它是广告，只觉得在讨论世界石油价格走向、老年人权益保护和选择胎儿性别的伦理争端间，这段像诗朗诵似的节目很另类，不明白它要表达什么。

之后还听到它另外的部分：“朋友，你想过没有，如果你赶不上参加儿子的大学毕业典礼……”当时我连先生都没有，更别提儿女了，一个中年男人（很惭愧当时就是那样想的）去不去女儿的婚礼、赶不赶得上儿子毕业关我嘛事，曲子好听也没用，果断换台！

断断续续过了一阵，某天这个熟悉的音乐和男声又响了起来：“朋友，你想过没有……”当时我刚好开回公寓大门，正要刷卡进库，加上来往的车辆很多，不敢马虎，就没腾出手来换台。再说已经到家也不用听别的了，所以第一次把这个节目听完整了：

“朋友，你想过没有，如果你赶不上牵着女儿的手走上红地毯；朋友，你想过没有，如果你赶不上参加儿子的大学毕业典礼；朋友，你想过没有，如果你离开了，你的亲人不但痛苦万分，还会失去你提供的经济资助，并要负担你昂贵的丧葬费用……”此刻，那首至少百人演奏的交响乐进入高昂的尾声，而那个充满磁性的男声说出的最后一句话是：

“来买保险吧！”

我像被人用锤子猛敲了一下，不敢相信自己的耳朵，坐在车上半天缓不过来：老美也太不讲究了吧，这种事还要做广告，脑子一定有毛病，好残酷，好没人性啊！

人寿保险这个词我很小就认得，但在国内时不论是父母、亲朋、邻居、同学还是同事，从没听说任何人跟这个东西有瓜葛，就跟后来变得越来越流行的雾霾一样，表面虽然知道实际并不了解。

到了美国我最关心的是车险，上学期间保过的一笔人寿险是银行赠送的，近乎白给。我决定接受它的原因是自己远离故土，无法孝敬父母，万一出现三长两短，也能以这种方式照顾他们。工作后公司以年薪为基数，自动提供人寿和意外死亡伤残险，还可以自费加倍，我入职时应该读过相关文件，但根本没在意，所以对保险公司利用媒体如此煽情的鼓动，的确是惊诧万分。

不过山水轮回转，几年过去当女儿出生后，我的想法变了，热情高涨地购置了三十年的独立人寿险，因为公司的保险只跟工作走，万一要辞职或被解雇就没有了，而且趁着年轻还可以锁定便宜的保费。我此后理解了保险是个很划算的买卖，付出数量不多的钱，可以获得还算不错的回报——如果走了，继承人可以得到财产；如果活着，不但能赚到命，还间接帮助了不幸的人，是双赢的结果。于是，那个好听的男中音一直隐隐驻在我的记忆中。

一晃已经十多年了，保险公司按月从银行账号上划钱走，这份保险就一直放在那里。这期间发生了一件悲伤的事，我的一位最好的朋友患恶性白血病，三十多岁就去了，留下妻子和两个年幼懵懂的女儿。不幸中的万幸是他有雇主提供以及私人购买的双份人寿保险，能够使得孩子的生活和教育按着他生前希望的方向发展。

因为我暂时还没返回职场，约翰的这封节日祝福又让我想起来了那则广告，“朋友，你想过没有，如果你……朋友，你想过没有，如果你……”。这简直就是一个魔咒，一下把我攻破了，甚至觉得赶在下一个年龄段来临之前，再加一份保险也好。

我联系上了约翰，却压根儿没想到会遇到麻烦。因为我个人没有固定收入，约翰认为保险公司很难批准。我听来荒唐，因为按这个逻辑，一个人挣一份月薪两千的工资，而且可能下个月就失业，也会符合购买标准；我虽然居家但有积蓄，明年还有可能每月挣一万，凭什么不卖我？要不我一次交齐，怎么就不如最低薪金的一个工资条呢？

约翰心平气和地向我解释，保险公司不是这么想的，他们试图堵住一切骗保诈保的行为。按照正常人的标准，我现有的那份保险已经足够保障未成年人了，没有确凿的理由多加一份。他一口一个“亲爱的”叫着：“我当然希望能卖给你，这样我也能赚到提成，我有很多账单要付。但是你听我说，我们生活在现实中，现实并不完美，一个人有那么多保险不一定是好事，有时候往往会招来杀身之祸。”

这老头越说越离谱了，杀身之祸？谁杀我？我觉得有点可笑。隔着电波，约翰看透了我的心思，慢慢继续着：“我不是说你的受益人会害你，但我在这行干了四十年，见到的太多了，有弄死父母的，有杀死配偶的，有亲朋之间互相厮杀的，有自杀而从保险公司不当得益的……说到底就是为了一个钱字，钱能把人变成恶魔。”

保险没加成，反而被谆谆教导了一番。不过他说的也有一定道理，让我想起看过的一个系列刑侦纪录片《法庭文件》，其中就有一个常春藤名校的男生，为了满足自己虚荣奢华的生活方式，偷偷潜回家中拔掉安全监控，将父母锤杀在床，以期得到遗产和保金。本来他做得天衣无缝，貌似入室抢劫，可惜高速公路交费时收据上的指纹暴露了他。最令人心酸的场景是，奇迹般生还但被严重伤残以至彻底毁容的母亲，在法庭上面对杀死丈夫的凶手，依然坚称儿子无罪。

其实我这种情况也不是拿不到，只是保费高昂而已，约翰建议我一定要买的话，选择一份意外险更有意义，因为我被事故所累的可能性远远大于因健康原因而出事。我请他容我再想一想，是该悄悄地买，不让人知道，还是索性不买呢。

最后说一句，我不是卖保险的，家里没有一个人是，也不认识任何做保险中介的朋友，所以绝对不存在做广告之嫌。

最后再说一句，不能不说芝加哥公共台的那则广告非常成功。

放弃生命绝对不美

2014年7月，芝加哥金融区爆出一桩血案，一位私企高管向老板连开两枪，随后饮弹自尽。芝城南部地区因帮派犯罪，常年火拼不断，但在市中心繁华的商业带，这样的事情还没发生过。

该老板是一位有常青藤名校学历和华尔街背景的成功商人，高管是个资深计算机专家及技术元老。事件的导火索是后者被原地降职，不像单纯的商务行为，据此很多人推测因他年近退休，可能被公司抛弃。尤其他并未滥杀无辜，显然只与老板有极深的个人恩怨。但老板家属提起民事诉讼时，则辩称一切源起高管的精神疾患。

世界太小，老板居然是我同区的邻居，孩子同学的爸爸，满街的红丝带也没挽回他的生命。高管同样抛下妻儿及一众亲朋，在人们无尽的唏嘘和遗憾中离世。

企业究竟是迫不得已还是卸磨杀驴，外人也许永远无法知晓。但我注意到一个独特的现象，不论是媒体的报道、邻里的议论，还是受害人家属的声明，都不称高管为凶手，而强调是老板多年的搭档和密友，因工作发生严重分歧，以至精神崩溃走上极端。换句话说是高管的自杀倾向导致悲剧的发生，而不是恶意伤人，再畏罪自杀。

学校的信息通报和心理辅导也是相同的说法，我只好照葫芦画瓢，给孩子们这样解释。尽管我已经说英语比汉语多，吃中餐比西餐少，想绕明白其中的逻辑仍要使劲扑棱这颗中国脑袋。不过最后我想通了，的确更像自杀，只不过我小时候接触的关于“自杀”的概念是另外的样子。

自杀最早对我来说是件有积极意思的事情。不是我小小年纪活腻歪了，而是事关正义。先有八女投江，后有鬼子剖腹，英雄流芳百世，敌人罪有应得，无疑都是好的。当然，这些都是从电影和小说中得来的，我真正见识到有人自杀，是上小学三年级时。

与如今的高楼林立不同，早年家乡的民居大都为连体平房，因而形成许多胡同和大院。我家住的胡同很小，而东邻是个大院子，我总去那边玩。院里有一家有四个儿子，别名四大金刚，但大的都插队当兵去了，只有最小的小四在。他长得有棱有角，五官周正，十五六岁已经比成年人还高大。但跟同龄人最不同的是，他不用去上学，乍听起来非常奇怪。

那时我们尽管吃喝不愁，美中不足的是主食以面粉为主，大米极度缺乏。解决办法是去一家饭店点个炒菜，然后就能捎带几份米饭。毕竟是紧俏品因此需要排队，父母上班，奶奶看家，哥哥好静，任务就落到喜欢疯跑的我头上。于是我就在一片酒令划拳和烟雾缭绕中，眼巴巴地盼着热腾腾的米饭快出锅。我常能遇见小四，显然他也肩负同样的使命，我们常常交流一下哪道菜好。

一个冬天的傍晚，我照例被派去买饭，当日不知为何不限量，人多极了，推来搡去把我挤出了队伍。万分焦急中，有人一把把我拽了回去，原来是小四大侠从天而降。买到加倍的米饭我很高兴，回家的路上还下起了暴雪，我叽叽呱呱地说，他微笑着听，雪地上趟出几行欢快的脚印。到家后，我奶奶拉过他冻僵的手要捂一捂，他说怕爸妈等急了，便匆匆消失在雪夜中。

事后奶奶跟人提起小四，我才得知他有种见不得人的病，俗称羊角风，发作起来翻白眼、吐白沫、满地扑棱。别人还建议不让我跟他打交道，以防万一被吓着。

从奶奶当时震惊的表情，我猜出了几分不详，更令人震惊的是，没几天就传来了小四上吊的噩耗。因为是横死，家人根本没办丧事，邻居们不让孩子靠近，说会被吊死鬼抓去。有的小孩很残忍，居然模仿着在脖子上绕根麻绳，还假装喘不上气，引得旁人哄堂大笑。我从未参与这种狂欢，也不愿相信小四死了，每次想到他，总有淡淡的悲伤如影相随。我不清楚是病痛还是歧视给了他最后一击，但从此知道放弃生命绝对不美。

后来大米不稀罕了，那家饭店也变成机械轰鸣的工地。我先去北京上了大学，积习未改又疯跑到美国。但生活在这里打了个转，与我的愿望背道而驰，又不能为己所掌控，我一度陷入了剧烈的不适中。我想起过小四，以及很多如雷贯耳的大家，比如老舍、周璇、海子，还有《魂断蓝桥》里的玛拉、《天龙八部》中的萧峰……

我所知以非常规方式离世的人中，有我唯一的伯父。他年轻时毕业于燕京大学，后来去了台湾，两岸开放后频繁往返，来弥补多年的乡愁。他对亲朋慷慨大方，对晚辈极尽关怀，富家小姐出身的伯母也全力支持，伉俪情深令人艳羡。伯父多次说过人活的不是年头，而是内容，在伯母不幸病逝、自己健康欠佳的情况下，因药物被代管，房中也没有披挂之物，他采取了一个最下策——从自家楼上一跃而下。

伯父一生乐观开朗，不差钱也并非病入膏肓，想得直到麻木，我才不得不承认，正是因为热爱生活，他才不愿苟且于此。残酷之处还在于，即使最亲的人也没能以更好一些的方式成全他。

世间从来不缺少悲剧，无独有偶，几年后，又一个相识的生命自行消逝了。他是来自东南亚的一位华裔博士生，我好朋友先生的师弟。小伙子相貌俊朗，性情温和，会讲熟练的中文，而且非常绅士。我和好友都遗憾没有妹妹，否则一定会设法把他弄成妹夫。

他所学的金融专业难度极大，合格的候选人本来就不多，顶不下来拿硕士走人的也时有耳闻。由于认为他的论文中个别数据有待商榷，导师希望他延期毕业，多做一年。这种情况尽管不太理想但并非罕见，他却选择在感恩节当日服下安眠药，又吸入有毒气体，表达了必死的决心。他没写遗书，但给房东留下了一封道歉信，以及三个月的房租。

好朋友的先生痛心疾首，自责对师弟关心不够。我和好友更觉得窒息，除了痛惜他的年轻，还因为我们说着相同的母语，有种心理上的亲近感。如果他能吐露一下感受，我们会陪着他难过，帮他找医生开药，做他爱吃的中餐，并现身说法如我等非名校博士者不是还无耻地活着，可见学位远没生命值钱。可惜我们没得到机会，而是让挫败、无助、抑郁、羞耻等夺走了他。

随着年龄和阅历的增长，我对这样的人充满同情。可以说他们不负责任，但每人的境况不尽相同，情感、职业、家庭、经济、健康、精神、环境等重压，有时会超出个人所能承受的极限，令人生不如死，自杀便不乏为一种解脱。还有的人并不回避什么，只为追求尊严和精神家园，当对生无能为力的时候，就希望成为死的主宰。所以我既反对放弃生命，也觉得无权妄言。

这个话题太大，我也会自相矛盾。几年前，国内朋友的儿子来美国上高中，一次因病住院，接待家庭母亲哭着打来电话，让我快去。原来少年因为怕疼而拒绝插管，高呼着要去跳楼，搞得一众医护如临大敌。情急之下，我不得不用中文把他骂了一顿，反正只有我们两人懂。以他的年龄，完全应该理解治疗的意义，果然如传闻所言，现在的某些年轻人因一点小事就想自杀，谈何错综的成人世界呢。这也说明培养孩子应对逆境、保持心态健康的能力是多么重要。

当然自杀是人类杜绝不了的，人们能做到的只能是尽量减少。因此作为常规预防手段，对生活遭受巨变的人，周围的人要密切关注，亲情友情和医药多管齐下，至少可以避免冲动性自杀。长期预防的意义更大，有专业人士在研究这个领域，可惜因为问题的复杂性，完全有效的方法尚不存在。

据谷歌转载世界卫生组织发布于2013～2014年的资料，每10万人口的自杀比例里，中国紧随韩国和印度以近13人名列第三。而在美国，自杀总人数在2009年以36000例跻身国民第十位死亡原因，而各种未遂的则更无从统计。

这是一组让人唏嘘的数字。人生来不易，除了罹患绝症（其实这属于安乐死的范畴），我都不主张走这一步棋。因为不论对于哪种困境，自杀都是用一种永久的办法解决一个暂时的问题。引用江湖上的一句戏言，我们都会死很久，急什么呢？向死而生就好。

一年一度的万圣节马上又来临了，金黄、橘红和血色的秋叶将碧蓝的天空渲染得异常美丽，家家户户都挂出了黑猫、蛛网、骷髅墓碑。置身在鬼魅环绕的氛围，我暗想，如果可以，真的希望逝去的人们可以魂归故里，能与他们曾经来过的世界、被抛下的亲朋再次小聚。

我眼中的金·卡戴珊现象

圣诞前某晚去超市购物，因为过节的缘故吧，本来是平时人很少的时段，现在收银台前居然排起长队。等候的闲暇，我不经意间扫过旁边的货架，一对硕大熟悉的屁股蛋映入眼帘。那是一本娱乐杂志的封面，尽管我对明星八卦不感兴趣，也知之甚少，但屁股的主人却是个例外。她如此强迫性地进入我的视野，铺天盖地，想错过她实在不是件容易的事。她就是美国娱乐圈名媛，金·卡戴珊。

说起娱乐圈，大家自然会想到唱歌、跳舞、演戏等，但这个来自加州、拥有夸张身体曲线的女人一项都不会，却在《福布斯》2015年全球年收入最高的文体名人中以5200万美元名列第33位，把很多大牌明星远远地甩在身后，绝对颠覆人们的常识。

她的成名源于美国网络电视台E!的一档系列节目《与卡戴珊同行》，作为女主角的她被称为史上最成功的真人秀明星。说来也是我有眼不识泰山，第一次见到她就不喜欢，尽管她阵仗十足，但矫揉造作得让人难受。渐渐地，她来势更猛，满世界充斥着她的绯闻，我对她的厌烦加一个更字，但对人家吸金的本领又难免有点酸不溜秋。

探究金蹿红的原因，不能脱离她的家庭背景。先说她妈克里斯·詹纳。克里斯60多岁，欧洲移民后裔，出身普通，高中毕业后当过空姐，23岁嫁给律师兼商人罗伯特·卡戴珊，生有三女一男，后离异，与著名田径运动员布鲁斯·詹纳结婚，生有二女。于是这六个孩子成为这档真人秀的主要班底，她作为总策划，被称为成功的营销专家和商界女强人。

金的生父罗伯特是第三代亚美尼亚人，原是律师，后成功投身音乐产业，身家丰厚。罗伯特与橄榄球巨星辛普森是多年密友，还作为后者杀妻案梦之队辩护律师团的成员声名鹊起。金的继父布鲁斯是1976年奥运会男子十项全能冠军，退役后进入媒体，担任体育解说和名人访谈等节目，著书立说，身价同样不菲。

可见金是位名副其实的富家女。她有快乐的童年，上著名私校，生日派对在迈克尔·杰克逊的私人庄园举行，闺蜜是希尔顿家族的继承人帕里斯，教父是辛普森，十几岁就进入父亲的音乐公司。万千粉丝难得一睹芳容的文体明星，对她来说则是见怪不怪。好莱坞、比弗利山庄、财富、地位、时尚、奢华……注入这个女孩的每个细胞。

可惜她的才智实在有限，除了19岁就跟人私奔、出轨、离婚、频繁更换男友，在事业上并无太多建树。直到2007年底，布鲁斯作为好莱坞电视制作人，以卡戴珊和詹纳混合家庭的个人和职业生活为重点，出品了真人秀《与卡戴珊同行》，把继女和女儿们打造成了全美明星。

节目的内容就是穿着华丽的女人们把日常生活表现在镜头面前。开商店，拍写真，名车游艇，沙滩派对，恋爱结婚生子，吃喝拉撒，鸡零狗碎……总之寻常人家有的没的，一股脑儿推上台来。节目一炮走红，至今连做八年，成为E!台最盈利的品牌，也使卡戴珊们财源滚滚，名扬天下，其中以二闺女金最为成功。

金相貌平平，但她有强烈的出人头地的愿望。她以性爱录像为契机，以强大的美式自信和规模迥异的屁股做招牌，不错过任何场合凸显丰盈曲线，脸上时刻布满期待被人注意的急迫。世上袒胸之人常见，但秀臀的则罕有，仅此她便锁定大量观众。除了由于私生活混乱引得媒体竞相报道，她还故意把行踪透露给记者，将自己的一举一动曝光在镜头前，把自我炒作的功能发挥得淋漓尽致。

最具代表性的，是她与NBA球员汉弗莱斯的结合，二人的恋爱经历像电视剧一样被全程录下，以童话般的婚礼达到高潮，近千万观众观看了实况，转播费进账2000万美元。然而72天后她就提出离婚诉讼，理由是不可调和的矛盾，并迅速与一黑人歌手坠入爱河，尔后怀孕。这个短命的婚姻被公认有拍戏和敛钱之嫌，汉弗莱斯不堪其辱，与金展开高度公开的离婚大战。

这场婚变算是种瓜得瓜，让一贯得意忘形的卡戴珊受到打击，她的毫无底线、见钱眼开、崇尚弱肉强食、不惜一切代价的掘金女形象显露无遗，这样的曝光当然不是她想要的。当然，她生命不息、捞钱不止，很快婴儿出生，金又披上婚纱，一如既往地营销着自我。

美国反映真实家庭生活的节目很多，比如有些家庭子女众多，有些家庭经历独特，等等。尽管皆以稀奇古怪抓人眼球，但在卡戴珊面前都有黯然失色之感。名媛古已有之，就是有钱人家的小姐太太穿金戴银，吃喝享乐，结交攀比，但依此大发横财，卡戴珊家则是空前的。

美国人也有很传统的一面，出现这样的节目难免引起大众的反感，曾有18万人联名要求将其取消。但电视台声称这是个完美有爱、极具凝聚力的家庭，人们深受他们鼓舞，不是想变得像他们一样，只是想和他们成为朋友，300万观众就是证据。

说卡戴珊们有敬业精神还算恰当，但跟爱心、家庭这些字眼真的不搭边。对E!台来说，他们是一笔生意，能带来巨大的利润；对卡戴珊家族来说，除了节目酬金，同时也打造了卡戴珊品牌，对其旗下的服装、游戏、减肥产品、签约书籍等家族生意和代言产品而言，就是一集集的免费广告，因此双方都不可能收手。

一些与卡戴珊家族关系亲近的人，对他们也不乏微词。克里斯的妹妹评价说，克里斯为名声付出的代价太巨大，挣了那么多钱却不知道拿它做什么，只培植了孩子们的不良行为。布鲁斯的母亲在接受采访时也说，旁观者清，布鲁斯和克里斯的婚姻纯粹是为了钱，现在做愚蠢的真人秀，还是为了钱，她没办法理解。

我问过很多美国人，大家普遍认为卡戴珊现象荒唐至极。正如著名新闻人芭芭拉·沃尔特指出的那样，羡慕和榜样是大多数人追星的基础，对卡戴珊这样毫无才华的一家，揣摩其粉丝心理非常容易。尽管节目肤浅病态，但它所展现的奢靡生活对很多观众来讲遥不可及，于是便成为一场视觉盛典，满足了后者对上流社会的好奇和渴望。

在我看来，金的蹿红还应该得益于美国的社会环境。美国是号称言论自由的国度，但其实有很多的禁区，比如种族问题，于是政治正确成为人们说话的准则。而名人八卦没有任何风险，这也正是金的聪明之处，通过允许自己被谈论而赚钱，愚蠢也好，浅薄也好，并不犯戒。只见她有如女巫一般施展化金大法，把赞美、讽刺、挖苦、谩骂全部变成闪闪发光的金子，悉数收入囊中。人们逞尽口舌之快，她也赚了个钵满盆盈，最后是皆大欢喜的双赢局面。

尽管在商业上获得巨大成功，但来自严肃新闻媒体的批评也从来没有间断过。网上有很多对金的访谈录像，主持人们常抛出很多尖刻的问题，令任何有自尊的人都陷入尴尬，但金仍能坦然扯谎，因此有网友评价说："金·卡戴珊就是无法做到诚实。"

即使如此，卡戴珊迷仍宣称自己不过是喜欢看一种上流社会肥皂剧般的活力节目，以及一个可爱的混合家庭在财富和名声的背景下，无害的高调喧闹和寻欢作乐。

美国以基督教建国，短短几百年的时间发展成世界第一强国，与人们勤劳奋斗的精神密不可分。金的先辈是为了逃避20世纪初亚美尼亚种族大屠杀，从穆斯林统治的前土耳其亡命美国的。曾祖父靠废品回收为生，祖父开肉联加工厂，父亲是第一代大学生，典型的美国梦实践者。如今仍有无数新移民从世界各地源源不断地涌入，寄希望于靠劳动改变命运，而卡戴珊所宣扬的价值取向与之完全背道而驰，如果老卡戴珊们有知，该作何感想呢？

批评归批评，成熟的美国人仍表现出足够的理智和宽容。全美有三亿多人口，看该节目的不到1%，这些人对低级趣味的渴望不是被剥夺娱乐权利的理由。我怀疑金·卡戴珊会风光多久，但仍要为她竖一下大拇指。凭借矮墩的身材、不高的智商，在拼才拼貌的娱乐圈，她把自己最擅长的做到了极致，把很多人的自信搞得非常不堪，把我等看客弄得表面不屑一顾，心中垂涎三尺。

记得我小时候，家乡有个患精神病的女子，经常赤身裸体在街上游荡，围观者人头攒动的场面我至今记忆犹新。换了时代和背景，青山依旧在，人性未曾改，只是被媒体渲染的画面过于美好而已。

威拉的中国孩子们

尽管搬来之前我就知道镇上亚裔人口不多，但临到女儿快上小学，我认真查看学区的族裔统计，还是结结实实地被吓了一跳：亚裔，我们历史悠久、人口众多的亚裔，只占了该社区的0.5%。每到周末中文学校乌央乌央的人，不过隔了十几英里，都躲到哪里去了呢？

当然除了传统，原因可能是这片成熟的社区，房子说好听点叫有历史，说难听点就叫老旧，维护起来费时费力费钱，亚裔读书人多，动手能力强的人少，所以就不愿蹚这浑水吧。不过它的位置极佳，学校也不错，完美无缺的事可遇不可求，既来之则安之吧。

初识威拉

第一天放学，我提早去学校等着接女儿，一是我们住的时间不长，二是女儿是在蒙校*上的幼儿园，其他家长我一个都不认识。

突然一位身材高大、褐发蓝眼、白皙的脸上散落着雀斑的中年女子从人群中走来向我打招呼。

“你好，你是林林的妈妈吧？”

“哦，你好。我是，我叫花虎。”我大脑迅速地启动一遍，确定并不认识她。

“我叫威拉，是艾米的妈妈。艾米和你家林林同班，都是一年级。”

好家伙，怎么跟间谍似的，第一天就这么门儿清。我心中暗自感叹。

“听说你是从中国大陆来的？”

“对，来美国有15年了。”我很意外，中国就中国呗，还大陆，貌似她知道的挺多。

---

* 蒙校，即美国私立的蒙特梭利（montessori）幼儿园。

“呵呵，我跟中国也渊源久远，我家最珍贵的东西都是中国的。”她满脸泛着笑意。

“是吗？”我以为她是说古董，“我家可没有，搬来搬去的，玩不起，再说也不懂。你收集什么呢，字画、瓷器、家具？”

“嗯，不是，能动的。”她眨了一下灵活的大眼睛。

“金鱼？沙皮？还是……熊猫！”

“哈哈，这些我也喜欢，但我指的是比这还好千百倍的，我的孩子们，都是从中国领来的。”

“噢，真的？好啊，另外一个比艾米大还是小？”

“大。但另外不是一个，是三个，我一共有四个。”她飞快地说着，根本不考虑我的心脏承受能力。

“天哪，四个，那……你好能干啊！”我由衷地敬佩这位英雄母亲。

“哈哈，不是我能干，是因为省了几道工序嘛。”她扳着手指头说，“凯迪11岁，大卫9岁，萨瑞8岁，这个最小的艾米6岁。”

“大卫？你还领到男孩了？我们中国人一般不遗弃男孩啊！”我脱口而出，说完直想掐自己一把。

“因为他有一些健康上的问题，是兔唇。”她倒毫不在意。

我一时语塞，刚好救命的下课铃响了，大门洞开，孩子们小鸟般倾泻而出。于是我认识了艾米，一个眼睛细长、特别壮实的小姑娘。在后来的日子里，陆续地我又见到了另外三个，也由此掌握了0.5%亚裔的主要出处。

记得在哪里读过，身高相仿的人容易亲近，我的朋友里特别高的真没有，威拉成了例外。开始与她接触多是通过学校的家长教师协会（PTO），威拉是义务召集人，在各种文娱体育、节假庆典、社区参与以及捐款等活动中，总有她忙碌的身影。她还借助课后兴趣小组、班级故事会等机会介绍中国文化，讲解她家的故事，让学生对父母和小孩长相迥异这事没了疑问。

不久她家大兴土木，在原来的平房上加盖了一层，竣工后我去参观，清爽简约的风格非常大气。家里的氛围温馨平和，四个孩子彬彬有礼，跟我家的喧闹不休对比明显。开始我以为是有客人来的缘故，后来才发现他们一贯如此，颇有些汗颜。

中秋节时我买几盒月饼捎过去，元宵节是几袋汤圆，春节从中餐馆订些饺子，送给孩子们当礼物。威拉和先生比尔每次都高兴地接下来，毫不客气。

我自以为很开明了，也算见多识广，但对这种把八竿子打不着的孩子当成自己的，还是有些不理解。记得以前有亲戚领养了一个女孩，成为整个家族的秘密。早年看日本的电视剧，爆炸性情节必然是主角的亲生父母另有其人，如果放在美国，人们肯定满头雾水。

认识他们一家五年多了，我来讲讲威拉儿女的故事吧。

老大凯迪

凯迪是威拉领养的第一个孩子，黑皮肤大眼睛，身材非常迷你，上高二了还不足一米四，更像是二三年级的小学生。可谁要小瞧这个丫头，那就错了。

威拉单身时因为时间充裕，给一位朋友帮忙办理领养事宜。当威拉陪朋友夫妇来到广西，第一次走进孤儿院时，眼泪涌了出来。那虽然干净整洁，但毕竟只是个庇护所，她来自一个兄弟姐妹众多的大家庭，立刻萌生了要给孩子一个家的念头。这个想法得到了家人的一致支持，由于大孩子没人愿意领，她专门申请要了个大的。但当领养机构通知她将得到一个婴儿时，她懵了，无奈地把适龄的玩具收起来，代之以奶嘴摇铃等。当孤儿院的工作人员把凯迪抱给她，小家伙一笑，一下就把她的心融化了，再也无法分开。

领回凯迪不久，威拉在一次聚会上撞见了多年未见的小学同学比尔，他大学毕业后在外州工作，刚被转回芝加哥分部。以前怯怯的他变成了温暖成熟的男子汉，两人立刻坠入情网，凯迪也升级为父母双全的小公主。

但凯迪天生不喜欢任何女孩的东西，对汽车飞机、长枪短炮等却情有独钟，不论怎样纠正也无济于事，威拉很快就意识到这将是个麻烦事。它来得比预测的早，当15岁生日后剪着短发、穿着帽衫的凯迪告诉父母自己喜欢同性时，威拉和比尔的态度是，你最了解你自己，我们无条件支持。

话虽然这样说，威拉还是很为凯迪担忧，可凯迪依旧乐观自信，朋友没减反增。今年秋季，高中原本准备取消中文课，凯迪带头发起抗议，使学校改变了计划。她的特立独行，以及身体里蕴藏的巨大能量，使威拉吊着的心终于放下了。

老二大卫

婚后威拉犯起嘀咕，凯迪要是有个长相近似的姐妹也许更好，自己显然生不出这样的，索性再去领一个？不是一家人不进一家门，比尔同意了。满心期待着二女儿的他们，出乎预料地被问道是否介意收养残疾男孩，夫妻俩跪下一祈祷，要！

大卫的兔唇来美后经过手术，基本恢复正常。虽然长得比同龄人弱，但大卫的脸上总是挂着灿烂的笑容，遛狗、踢球、拉琴、骑飞车等样样不落，而且学业很好，还是科学和数学俱乐部的资深成员。不幸的是，大卫13岁那年，胸部以下突然失去知觉，被查出患有先天性脊椎疾病，有永久瘫痪的风险，甚至被下达病危通知。我连连替威拉叫苦，更为大卫难过。

美国人之间虽然很少借钱，但来自教会、社区和家庭的支持很大，出人出力毫不含糊。男孩的生命力非常顽强，经过几次手术和数月的康复后，他奇迹般地重返校园。事后威拉将筹集来的剩余款项捐给医院用于该病的研究，全家则取消度假，以支付账单的自费部分。在她眼中，看着大卫重新站起来，比世间任何风景都美好。

萨瑞和艾米

有了大卫后，威拉和比尔对一家四口的状态很满意。因为有经验，有人求她陪同去湖南接回领养的女孩。谁知她旧病复发，给凯迪和大卫添个妹妹的想法油然而生，也就是最小的艾米。其时她为照顾家庭，已辞掉工程师的工作，比尔要她保证这是最后一个，老妈则告诉她不能再去中国了。

艾米除了心脏有点小问题需要修复外，非常健康，长得很高，外向开朗，跟威拉倒有几分相像。她喜欢读书和踢足球，是最让父母省心的一个。

最后说老三萨瑞是因为她虽然长期在威拉家生活，但法律上并不存在任何关系。她也是从中国领养的孤儿，不幸养母因病去世，养父得了忧郁症，祖父母年事已高，所以威拉向她伸出了援手。正是由于她的到来，威拉家不得不翻盖房子。萨瑞原来被宠得比较任性，给了威拉很多挑战，经过一段时间的调整，她早把这里当成自己的家。直到两个月前，她才被正式收养。

每个孩子都是独一无二的

每当我因孩子烦恼时，就问威拉还有什么秘密没说，我太需要励志了，跟她比我那些什么都不算。我还说早晚要写写她，她则笑答自己不介意出名！

初秋的一天，我俩在一间温馨的咖啡馆聊天。我首次问起她爱别人孩子的心路是怎样的，她这样解释：孩子们到了我家就是我的，管谁生的干嘛。孩子们并没有参与自己被制造出来的过程，也没留有记忆，只有出生后的生活才是他们自己的，只有这时他们才能够体验爱。对他们灵魂的培育在我来看是最有意义的。

关于如何对孩子解释亲生父母，她承认自己不会告诉孩子他们被抛弃实属无奈，因为这肯定不是全部的事实。值得好奇的东西很多，对控制不了的事情，她教孩子们不要自寻烦恼——不论是“香蕉”还是“炒蛋”，是外黄内白还是黄白混合，每人都是独一无二的，因此孩子们不存在身份认知障碍。

领养过程最难的不是高昂的费用，而是资格审评。威拉说，有时自己被像人贩子一样对待。为了孩子，她将此视为另类阵痛和晨吐。

明明是她挽救了孤儿，可她认为得到他们非常幸运，从他们身上自己学到了很多。比如大卫得知自己的病情后，不想瘫痪着活下去，又怕姐妹们悲伤，就咬牙硬撑着。在被折磨得最严重时，他也不抱怨，因为有三姐妹黏在床边安慰他，给他读小说、讲笑话。再比如由于所在教会对同性恋态度强硬，威拉试图进行沟通，被凯迪冷静地阻拦了，说她尊重别人的感受。而为了表示对凯迪的支持，萨瑞和大卫也随之转去了更温和的教会。

威拉无疑是位优秀的母亲，但仍怕做得不够，甚至问我孩子们跟着她和跟在孤儿院比，是否真的好，我只有拼命点头。对孩子们的未来，她和比尔也有设计：接受高等教育，在此基础上去追求理想。

比尔任职于一家大型电力公司，恰巧我有个老同学在他手下工作，对他的为人和技术赞不绝口。听了比尔一家的故事后我同学惊诧不已，说难怪他薪水不菲还那么节俭，午饭总自带三明治呢。

在过去的二十多年间，美国家庭从中国领养了八万多女孩，相信许多有白人同事或邻居的人都有机会看到她们的笑容和身影。这些孩子被出生了两次，而成长为最美丽的自己。

真正的牛爹妈

来到北美，总有人说好山好水好寂寞，我很不理解。要论会消磨时光，老美天下第一，单就四大职业球赛，就够人从春忙到冬。再穿插上奥运会、世界杯、各类网球比赛等，怎么会无聊呢？

但在我眼里，篮球是一帮遮天蔽日的大个儿你争我抢，橄榄球是一堆壮汉连滚带爬，垒球是一哨猛男莫名其妙转圈乱跑，比较起来，冰球作为速度最快的集体项目，可视性胜过任何一种。

我最喜欢的球星是底特律冰球运动员费德洛夫。白头盔，红铠甲，银色的冰面上集凶残、矫健和优美于一身，所谓的好莱坞硬汉偶像在冰球哥面前就不算什么了。

打冰球首先得是滑冰高手。在光滑如镜的冰面，仅靠两根铁片支撑身体已经是非人类的。然后所谓球，既不可用手抓，也不能用脚踢，而要用带拐弯的棍子去拨拉，球门本来就窄，还有一个全副武装的大块头虎视眈眈蹲踞镇守……还要具有力量、速度、耐力、技巧、聪明、果敢、承压、冷静、经摔、耐撞等素质。最惊人的是还得会打架，抗揍性能好，有单挑，有群殴，衣服都能给扒光，露出大白肉，男性荷尔蒙气息浓郁，那些碰根汗毛就喊犯规的娘娘腔是玩不来的。

当今世界上最高水平的职业冰球组织，当属National Hockey League（NHL，国家冰上曲棍球联盟），它由美国和加拿大共30支球队组成。在很多北美人心中，NHL的地位与中国球迷熟悉的NBA不分伯仲。

本文的主角亨利·斯塔尔和琳达·斯塔尔，是一对五十多岁的农民夫妇，住在加拿大安大略省一个叫雷湾的小镇，以为园林和高尔夫球场种植草坪为生。

他们的大儿子叫埃里克，31岁，是NHL大名鼎鼎的冰球巨星。埃里克18岁进入北卡飓风队，25岁当上队长，赢得过NHL总冠军斯坦利杯、冬奥会冠军、世界杯冠军，是冰球历史上为数不多获得三金殊荣者，曾四次入选全明星队，后转会到纽约，年薪950万美元。

但他们不仅有这一个儿子，还有个二儿子叫马克，29岁，也在NHL打球，效力于纽约游骑兵队，代理队长，司职第一后卫，当选过全明星，年薪400万美元。

但他们不仅有这两个儿子，还有个三儿子叫约尔丹，27岁，同样在NHL，中锋，2006年入匹兹堡企鹅队，捧过斯坦利杯，挂过世界杯金牌，如今为北卡代理队长，年薪600万美元。

但他们不仅有这三个儿子，还有个小儿子叫贾里德，25岁，2008年加入NHL，右翼常规球员，起薪65万美元。这位永远被人用显微镜来挑剔的小弟，就像与王位无缘的小王子，快乐地走着自己的路。

我是底特律红翅膀队的球迷，对其他队了解不多，知道埃里克·斯塔尔实在因为他太有名。球员在场上都带着头盔，看不清脸，当我偶然发现背后印着Staal（姓氏“斯塔尔”的英文）的原来不止他一人，震惊极了。四兄弟均为1米93，仪表堂堂，彬彬有礼，身价不菲却没有任何绯闻，可谓罕有。

职业冰球是一条极度艰辛的道路，比中国家长熟悉的“爬藤”*难得多，一家如果有一个孩子能进入NHL都是莫大的荣誉，四个更是不可想象。它不是哥几个相互一提携就行的，让球队老板和管理层中那些个个鹰鼻鹞眼的家伙们肯出大价钱，那全部得凭实力。

---

* “爬藤”，即进入美国常春藤盟校。

我的第一反应是他们是天才，但了解到他们的背景后却发现并不尽然。雷湾镇是个冬天很冷的地方，环境和传统的缘故使得冰球在当地很流行。斯塔尔夫妇也不例外，都是冰球迷，亨利年轻时还在大学校队打过。当然这只是业余爱好，他们的本行是种地，从春到秋忙着几百亩草田。唯有冬天，夫妻俩才有空带孩子玩，而这一玩就把生来瘦弱内向的小孩玩成了世界顶级的职业球员。

男孩们接触冰球很自然，因为冬天漫长寒冷，农场也没什么地方去，他家旁边的小水塘就成了天然冰场。亨利一琢磨，就在自家后院浇了一块冰场，还装上了围栏、灯光和球网，比水塘高大上多了。孩子们开心极了，放学后就泡在上面，邻居和亲戚小孩也常去凑热闹。

他们家厨房的窗户正对着冰场，琳达一边忙家务一边看着他们，饭做好了就叫他们进屋吃，时间到了就关掉照明灯招呼他们去睡觉。小子们经常意犹未尽，央求妈妈多玩一会，等得小脸冻红了手脚冻僵了，当妈的一心疼不得不把灯再打开。这块冰场使孩子们的冬天格外多彩。

严冬过后冰场消融，就到了种草的时节。男孩们放学后都得去田里，从耕地、撒种、施肥、浇水、割草，到操作农机，甚至搬运与铺装草皮，一样不落，暑假更得天天干，直到冰封大地，后院重新变成冰球场。

亨利也跟儿子们玩，后来觉得不能总乱打下去，就送他们去接受一些正规训练。比赛是其中的一部分，更是增加经验、享受打球乐趣的好途径，夫妻俩便让儿子尽可能地多参加。但除了鼓励他们好好打，并不要求任何结果。

在西方，运动是人们的一种生活态度和方式，父母拖着孩子在各种场馆间冲杀是常态。琳达每天先把家务和晚饭做好，然后带足加餐接儿子们放学，再分别送他们去练习或比赛。中间见缝插针督促他们写作业，回来照顾完他们吃饭洗漱，还要对付堆积如山的脏衣服。

周末的时候比赛更多，夫妻经常每人带俩四处征战，有时一天十场，根本记不住谁输谁赢。这么疯狂的日程把他俩搞得晕头转向，但夫妻俩居然坚持了下来。后来每当有记者问他们诀窍是什么，琳达的回答是："永无休止的买菜和做饭，绞尽脑汁的计划和协调，把自己都吓一跳的耐心和毅力。"

由于表现出色，兄弟四个都在15岁时被选入培训青少年选手的机构——安大略冰球联盟OHL，边上学边练球。由于他们分散在不同的城市，斯塔尔夫妇的日子恰如冰球家庭的咒语所言，是"Travel，Travel，Travel；Pay，Pay，Pay（四处奔波，各种花钱）"。

亨利常驾车十几个小时去看儿子们比赛，几个小时都是家常便饭。冬天雪大路滑开车很难，但他只想让孩子们知道老爸在呢。他永远选择在角落里安静地观赏，不论输赢都绝少评价。琳达也总跋山涉雪去探望他们，与接待家长随时保持沟通。实在去不了的比赛，他俩就用一台老电脑上网看，有时候一晚有多场，得不停换台，每个都必须看，因为比完孩子们都立刻会往家打电话。

冰球是项烧钱的运动，亨利和琳达风吹日晒大半年的辛苦所得，总以冰球运行般的速度从草场花到冰场。但一想去海边晒太阳也得花钱，看儿子打球同样享受，夫妻俩就释然了。尽管如此投入，他们也一直以让儿子娱乐和交友为目的，从没想到他们会以此为业。

农场少了几个帮手，夫妻俩很累，好在暑假儿子们回来会帮忙。亨利戏言他们进到NHL就不用干了，谁知“一语成谶”。继老大入选后，这位加拿大草农的儿子们全部进入了NHL。

埃里克是名优秀射手，进攻超群防守出色，被称为NHL最有才华的全才球员；马克主打防守，冰上技术和控球能力极强；约尔丹成为NHL最著名的罚球手之一，也是进攻和防守俱佳的虎将；小弟杰瑞德长得最壮，依靠人高马大的优势协助球队。凭借高超的球技、出色的直觉、强烈的竞争意识，四兄弟完美诠释了冰球的魅力。

震惊之余，媒体竞相把斯塔尔夫妇誉为培养球员的楷模，但亨利和琳达并不认同这种说法。他们坦承自己不是强势爹妈，只是让孩子们好好做事而已，不论打球还是种草都一样。儿子们也并非天才，只是喜欢运动，今天的成绩要归功于一路走来的教练们。何况四个儿子在四个不同的队，他们也不可能全盯着，唯有放手。

比如当初埃里克想去OHL，因身材瘦小被人嘲笑，亨利满腹忧虑但仍点头同意了。三季过后随着球技惊人的进步，以及狂长20公分，埃里克以首轮第二的成绩入选NHL。他的成功给了弟弟们鼓舞，但每人个性和技术都不同，期间困难重重，亨利和琳达始终顺其自然。

但对儿子的情感关爱和心理支持，他们从来不敢放松。其实每去一个NHL就等于农场又输给冰球一个好劳力，亨利心里很失落。孩子少小离家，去从事竞争激烈的运动，令琳达百味杂陈。夫妻俩只能不断调整自己的角色，努力适应情境的变化。他们深知儿子们常会受到挫折，不论走到哪都需要安慰，父母简单的一个电话和一声问候，在冰上叱咤风云的壮汉便像得了定海神针。

四兄弟平时很亲密，可一旦同场对阵就得变成敌手。一次埃里克在比赛中一个无意的凶猛冲撞，把马克摔成重度脑震荡。冰球的特点决定了它的风险性，亨利和琳达一贯的牵挂可想而知，而当一个儿子被另一个所伤害时，他们更难以接受，琳达大为光火，全家陷入了最痛苦的境遇。危机最终被化解，源于一家人的信仰，他们依靠原谅和祈祷，渡过了难关。

斯塔尔兄弟除了年薪，更有各种高额奖金和广告代言，对此夫妻俩却并不轻松，因为年轻成名往往是悲剧的开始。他们各自的父母都是20世纪50年代的荷兰移民，初来加拿大时两手空空，依靠勤劳拥有了农场，因此他们从小就向儿子们灌输正直做人、踏实做事的道理。在这种家教下，四兄弟始终敬业努力，妥善理财，从不奢靡。他们还建立了斯塔尔基金会，为家境不好的儿童提供文体活动，以此回馈社会。

头顶“第一冰球母亲”的头衔，琳达非常淡定，不论儿子们赢了什么奖，大多在她看来就是一场比赛，跟在自家后院一样，好玩而已。第一次上冰和拿到金牌，对她具有相同的意义，做适合自己的事、让人生充实快乐最为重要，因此她不会去炫耀怎样培养的球星。斯塔尔兄弟辉煌的冰球生涯离不开天赋，但是很难想象，如果没有父母营造的浓郁的亲情、宽松的环境以及他们自己对运动的挚爱，天赋怎会生根发芽。

我儿子小虎曾疯狂地爱上了冰球，可我很害怕他会受伤，费用之高也让我捘紧钱包。看他每天拎着根棍子东奔西突，我对自己叶公好龙式的猥琐感到不堪，窗户被他击碎好几块也没好说什么。

冰球比赛开始时，全场会黯淡下来，高倍聚光灯全部打到一个入口，在观众的山呼海啸中球员们鱼贯而出。在我忘情地狂欢数年后，终于意识到，如果没有斯塔尔这般父母，就不会有冰球一个个精彩绝伦的瞬间。此文为他们而作。

闲话华裔女司机

我在某中文网站看到一篇报道，说西雅图有个男子，被一违章的中国女人撞伤，怒不可遏地跑到社交媒体发泄不满。只见那位虎背熊腰的中年白人男，血流满面，直视镜头，用同样血迹斑斑的双手高举一个纸牌，上面书写着一行大大的英文：华裔女司机！好好学开车！

下面自然是一些男同胞对华人女子车技的评判，结论挺一致的，基本不是什么好司机。女同胞底气也罕见地不足，居然没像平时说男人都不是好东西那般鼓噪。

出于好奇我找到了原文。据白男描述，他所在的地区近年来华裔人口激增，相应地路上也出现了越来越多不合格的司机，准确地说是女司机。这不是他首次与之遭遇，只是此番被撞得特别惨，与很多当地居民一样他已忍无可忍。据警方调查此女没喝酒没嗑药，更令这老兄搞不懂：想开车为什么不学如何开？伤害别人和煮烂一锅通心面一般简单吗？

这真是一条让人哭笑不得的新闻。尽管该男指名道姓非常之不正确，但我有点怪不起来他，因为女人驾技不高在很多人心中已经是不成文的共识。自己既是华裔女性又是司机，对这个现象有一些体会和同感。

尽管无从得知肇事者的背景，我所熟悉的华裔女司机应从二十多年前算起，分为留学和陪读两种，开车好坏一般与跟谁学的关系密切。

如果是丈夫或男友教的——不幸的是这种情况很多——就比较成问题。专业人士像医生、警察等为什么要着制服？目的之一就是与人拉开距离，树立权威。而两个耳鬓厮磨的人突然一个变得说了算了，大多就会成这样：“怎么这么笨哪，有你这样开车的吗？”“少跟我来这套，你什么德行我还不知道！”最后不欢而散就稀松平常了。

另外尽管男人天生对机械敏感，更喜欢开车，并不能保证会调教出好司机。俗话说一张白纸才能画出最美的图画，一旦被开错了头，纠正起来更困难。

中国传统上不是汽车大国，私车普及也是近些年的事，因此当初会开车的人凤毛麟角，但到了美国它却成为必须掌握的生活技能。其实开车说难不难，说易不易，仅把车启动最简单不过，就像滑雪时从坡上直冲而下一样毫无玄机，但开好车就是另一回事了。跟许多人一样，我也是自学成才的，不同的只是有幸碰到了一位好教练。

那是我刚来美不久，认识了同宿舍楼一位欧洲男生小C。他人特别好，典型的例子是他有车而别人都没有，所以总载大家去买菜。也许看出我对车兴趣很大，某日他带我去了一个停车场，指着方向盘说如果你愿意我可以来教你。

我高兴极了。需要说明的是，跟苦巴巴的中国留学生不同，小C留美的原因比较牛，即失恋了换个地方散散心，顺便读个博士什么的。尽管我熟知助人为乐这个词，但真正深有体会还是从他开始的。

小C首先向我灌输一个理念，就是汽车很危险，驾驭好它很重要，因此从坐进车里那刻起就要视车身与自身为一体，而不能只当车是一个铁箱子。他详细讲解仪表盘和各种配件的功用，让我通过镜子观察判断自车和外物的相对位置，开篇就养成随时注意周围的习惯。除了基本技术，看路标、查地图、在不同天气和路况下行车、如何应对突然出现的动物和行人等情况，他一个不漏地带我练习，此外还包括车辆维护、事故处理、应对警察等。

给我印象最深的是小C反复强调，学会掌控方向盘和油门只算会一半，另外一半是共享道路，包括与人方便，礼让年长和有特殊需要的司机，留意他人，以防不负责任者害人害己。

因为是工科男，他喜欢用数据说话，什么重量角度速度摩擦等，让我知其然并知其所以然。这很难为本华裔文科女司机，但至少前半部分我都记住了。从以往只能远望车来车往，到它中有我我中有它，白天把道路抛在身后，夜晚穿过橘色的灯火，那种感觉很奇妙，所以我天天都想带别人去买菜。

第一次上高速，我兴奋得像一只小鸟，狂奔完毕发现小C满头大汗，我很奇怪，天明明不热啊。原来他没料到我会以火箭发射般的速度蹿上去，想叫停又怕引起我慌张，只好不断祷告，求上帝让我俩都活过那一天。而我正是因为他坐在旁边才有恃无恐，看来007只在电影里，之后我更把师父的话当圣旨，不敢有怠慢。

后来我唯一遭到诟病的是换道。按小C的教法是回头、打灯、横移一气呵成，结果被几位国人朋友一致改成斜向并线，安全是安全，可再也没那份潇洒了。

此后，上学、工作、旅行，我忙得不亦乐乎，短短的时间内东到纽约波士顿，西到黄石公园，南到佛罗里达，北到加拿大，我都自驾游了个遍，奔驰在路上的感觉很美妙。

从开始我就察觉到，与小C不同，中国男性几乎一致认为女的开车不行，女友们也大多默许男士的观点，因此我这爱好受到不少阻碍。比如驾车去黄石公园是我的主意，可我只被安排在后座吃喝打盹，百无聊赖间我甚至想飞回去，最后才被勉强恩准坐上驾驶宝座。还比如去佛罗里达也是我招呼的，但临行前左脚不慎扭伤了，但因为是自动挡开起来不会受影响，可大家纷纷反对我开车并摸出雨伞准备跳下……这些跟莽撞逞能毫无关系，我只是喜欢而已，但解释起来好像很难行得通。

实际上开车又不是开战斗机，算不上体力活，除了男女有别的传统在作祟，我实在想不出还有其他的理由。好在可以入乡随俗，美国人就没这种约束了。

比如有一次家门前的灌木被风刮乱了，我拿出剪子想修整一下。对面男主人看到了，问我是否愿意使用电锯，我似懂非懂地点点头，他送过来之后我差点没晕倒。那东西在我的印象中只以凶器的形象出现在电影里，不是在破旧的厂房就是在废弃的仓库，英雄和歹人拼死决斗，最后手起锯落血光四溅，歹人毙命英雄凛然，然后警灯闪闪，剧终！可这回是玩儿真的啊，我哆里哆嗦地抄起电锯，一开动就突突突手臂被震得直发麻，但它吹枯拉朽般效率果真高。

还有一次车库上面的排水口被落叶堵住了，我踮着脚尖用棍子拨拉半天也无果。邻家老先生一看，二话没说扛来个梯子，往边上一戳，寒暄几句就走了。我腿肚子发软，颤颤巍巍地歇了三回才爬上去，水一下子就通了。

他们没有女人不能做这做那的概念，以为我只是缺少工具。其实试过了也没什么，我甚至还学着去逛五金店。当然我不会没事就在家门口挥舞电锯，或者把自己挂到车库外墙上，只想说干了就干了，根本不可怕。所以女人开车是同一个道理，我发现但凡单身的车技都不错，有人呵护的就差一截，而不得不开时又会好起来。只是如果好的习惯一开始没养成，后知后觉会有些难度罢了。

对我来说，开车最难的地方是平行停车。记得一次图方便也为省钱，我硬着头皮像绣花一样不断调试，停进去已经是汗流浃背的28分钟后。尽管当时还自怜自艾地掉了几滴泪，但我就此琢磨透平泊窍门，更难的左停也照猫画虎学会了。没想到被迫练就的手艺，到了芝加哥这种寸土寸金的虎狼之地，就更派上用场了。

当然从会开到熟练需要一个过程。记得刚拿到驾照时我不太敢单独开，总会拉上一个女友陪我。她并不会开车还高度近视，其实什么忙都帮不了，用她先生的话是赔死的货，但有人在边上让我心里很踏实，过了一段我才慢慢习惯独来独往。

多年来认识的女司机中，有莫名其妙剐蹭的，有多次被追尾的，有撞到电线杆上的，有停不进车库的，有动不动就迷路的，还有天黑不能开、路远不能开、雨雪不能开、高速不能开、大城市不能开、陌生路段不能开等，大事没有，小事不断。我认为这些基本都是随便学学就轻松上路的后果，把本该练车初期解决的问题带到了实战阶段，因而造成自信受挫和抵触开车的情绪，或以倒霉当借口为下次事故埋下隐患等。

我查看了美国权威交通部门近十年的统计资料，看不出亚裔女性比其他族裔、其他性别有更高的重大事故率，而一般小事故又没有相关记录，所以华裔女司机开车是否糟糕不得而知。在我看来，尽管女性普遍对车不如男性敏感，但总体的谨慎可以弥补机械操作的不足，如果接受正确的培训，绝非天生的坏司机。

不过确实也有女司机总把无聊当有趣，居然撰文对自己的频繁违规抒发喜感还得到点赞。有一次我问其中一位，既然你有时间描绘自己车技如何之烂，为什么不去练练呢？结果被迅速删贴。我哪里是对她感兴趣，只是害怕在路上碰到她。

听说在今后即将消亡的行当中，司机赫然在列，即有朝一日车辆全部变成无人驾驶，不论男人女人只管坐不管开，既不会发生交通事故，也更不会有本文的话题了。不过至少暂时人脑还不能被取代，机器还没有灵光到无瑕疵，比如GPS就经常胡说八道，我还不想让它们绑架了。

现如今除了“老留”“小留”，中国移民和游客越来越多，中国驾照也被很多州所承认。方便的同时，由于不良驾驶习惯引发的违章和肇事，便时有耳闻了。不知开头伤到白人大叔的女司机属于哪一类，但汽车危险绝非危言耸听，不被人用有色眼镜看待很重要，更重要的是愿她珍惜生命。

生活给本文写下一个精彩的结尾，三八节那天我把自己的半世英名给毁了。前一天因为下雪，我罕见地倒车进了库，第二天照旧向外倒，自然顶到了后墙上。好在损失不重，便自我安慰，人非圣贤孰能无过，何况我还是华裔女司机呢。

图书在版编目(CIP)数据

这世间的美好，不多也不少 / (美) 花虎著. -- 杭州 : 浙江教育出版社，2017.11
ISBN 978-7-5536-6654-9

Ⅰ. ①这… Ⅱ. ①花… Ⅲ. ①散文集—美国—现代 Ⅳ. ①I712.65

中国版本图书馆CIP数据核字(2017)第275920号

这世间的美好，不多也不少
ZHE SHIJIAN DE MEIHAO, BUDUO YE BUSHAO
[美] 花虎 著

责任编辑 罗 曼
文字编辑 王和平
美术编辑 韩 波
封面摄影 汤 达
封面设计 马小燕
责任校对 马立改
责任印务 时小娟
版式设计 马小燕
出版发行 浙江教育出版社
地址：杭州市天目山路40号
邮编：310013
电话：（0571）85170300－80928
邮箱：dywh@xdf.cn
网址：www.zjeph.com
印 刷 艺堂印刷（天津）有限公司
开 本 880mm×1230mm 1/32
成品尺寸 145mm×210mm
印 张 8.25
字 数 182 000
版 次 2017年11月第1版
印 次 2017年11月第1次印刷
标准书号 ISBN 978-7-5536-6654-9
定 价 36.00元